BIBLIOTHÈQUE

D'UNE

MAISON DE CAMPAGNE.

TOME XXXVII.

QUATRIÈME LIVRAISON.

AMÉLIE MANSFIELD.

AMÉLIE

MANSFIELD.

IMPRIMERIE DE LEBÉGUE.

AMÉLIE
MANSFIELD,

Par Mᵐᵉ COTTIN.

TOME PREMIER.

A PARIS,

CHEZ LEBÉGUE, IMPRIMEUR - LIBRAIRE,

RUE DES RATS, N° 14, PRÈS LA PLACE MAUBERT,

1820.

AMÉLIE MANSFIELD.

LETTRE PREMIÈRE.

AMÉLIE MANSFIELD A ALBERT DE LUNEBOURG, *son frère.*

Dresde, 2 mai.

JE t'envoie, mon Albert, une lettre que je reçois dans l'instant, de mon oncle Grandson; lis-la avec attention, et décide-moi. Il me semble que le parti qu'on me propose est raisonnable; cependant je ne le prendrai point sans ton approbation: que ne l'ai-je toujours crue nécessaire pour me guider! je ne serais pas forcée de penser aujourd'hui que notre intérêt, à tous deux, demande peut-être que nous nous séparions. Mais, en examinant les motifs qui doivent me déterminer, songe,

songe, ô mon frère! s'il est un avantage au monde qui puisse l'emporter sur la douleur de ne plus nous voir.

M. GRANDSON A AMÉLIE MANSFIELD.

Bellinzonna (1), 20 avril.

MA NIÈCE,

Après avoir passé la plus grande partie de ma vie à courir les mers, je reviens au sein de ma patrie pour y finir mes jours en paix. Trop âgé pour prendre une femme, je sens néanmoins que je ne supporterai pas l'ennui de vivre seul, et je voudrais avoir près de moi une personne dont la société et l'attachement me consolassent du malheur de vieillir ; qui serait, pendant ma vie, la maîtresse de ma maison, et, après ma mort, l'héritière de tous mes biens. Cette personne, ma nièce, si vous y consentez, ce sera vous. Je sais que vous

(1) Petite ville de Suisse sur les frontières de l'Italie, à deux lieues du lac Majeur.

avez beaucoup d'esprit, plusieurs talents, et, ce qui vaut encore mieux, un bon cœur et le caractère le plus aimable. Pour mon seul intérêt, je devrais donc chercher à vous attirer près de moi; mais un motif plus puissant encore m'y engage, et ce motif, le voici. Je sais que vous êtes très malheureuse, que votre orgueilleuse famille vous ayant accablée des plus cruelles persécutions à cause de votre mariage avec mon neveu, ne les a point cessées depuis sa mort; je sais encore, non par vos lettres si douces et si résignées, mais par les informations que j'ai prises sur votre compte, que ce Mansfield, que vous épousâtes malgré tous vos parents, loin de reconnaître cette préférence par une fidélité à toute épreuve, vous abandonna peu de temps après votre mariage; ainsi, ma chère nièce, puisque vous avez dû tous vos chagrins à l'alliance que vous avez formée dans ma famille, et à l'ingratitude de mon plus proche parent, je sens qu'il est de mon devoir de vous dédommager, autant que je le puis, de ce que votre géné-

rosité pour les miens vous a coûté ; c'est
donc pour cela surtout que je vous offre
de grand cœur ma maison, ma fortune,
mon amitié, et le plus beau jour de ma vie
sera celui où je vous recevrai chez moi, et
où je presserai dans mes bras votre fils,
que, depuis sa naissance, j'ai regardé
comme le mien.

Cependant, ma chère nièce, comme
vous n'ignorez pas que mon âge est celui
de la prudence, et qu'on n'arrive point à
soixante ans sans savoir que, pour bien
connaître les choses, il faut les examiner
attentivement, vous excuserez le désir
que j'ai d'être instruit par vous-même de
tous les détails de votre conduite avec mon
neveu : confession entière, ma chère nièce;
et dites-moi si, après votre mariage, lorsque les premiers feux de l'amour ont été
éteints, vous ne vous seriez pas repentie
de votre hymen; si vous n'avez pas fait
sentir à Mansfield la grandeur de votre
sacrifice, et un peu trop pesé sur la distance de votre naissance à la sienne ? Si
les choses s'étaient passées ainsi, Mansfield

serait moins coupable de s'être éloigné de
vous ; car, dans un lien comme celui du
mariage, où tous les avantages comme
tous les inconvénients doivent être mis
en commun, rien n'est plus insupportable
qu'une femme qui affecte une sorte de supériorité sur son mari.

Peut-être ma défiance vous offensera-
t-elle, et me direz-vous qu'après le mariage que vous avez fait, je suis inexcu-
sable de vous supposer de l'orgueil ; mais
je connais celui de votre famille ; les informations que j'ai prises sur votre compte,
à Dresde, ne m'ont pas laissé ignorer jusqu'à quel excès elle le porte. Pour ne point
y participer, étant du même sang, il faudrait vous croire un ange, et jusqu'à présent, quoique j'aie parcouru presque toutes
les contrées du monde, je n'en ai pas rencontré un. Peut-être est-ce une faiblesse,
mais, de tous les défauts, l'orgueil est celui que je pourrais le moins supporter dans
la personne avec laquelle je vivrais ; et je
vous avoue, avec ma franchise ordinaire,
que quand j'ai passé ma journée à faire du

bien, je trouverais fort mauvais qu'un noble prétendît valoir mieux que moi, seulement parce que ses aïeux auraient été aux croisades.

Je serais fâché, ma nièce, que vous prissiez en mauvaise part ce que je viens de vous dire ; je n'ai d'autre désir que de vous rapprocher de moi ; si j'y mets pour condition le récit sincère de ce qui vous est arrivé, c'est que Mansfield s'est constamment refusé à toute explication, c'est qu'il est bon que nous nous connaissions tous deux avant de nous réunir, et que, dans les affaires de la vie, il faut voir clair à tout ce qu'on fait. Excusez donc la précaution, même excessive, d'un vieillard qui, quoique très prévoyant, n'en est pas moins disposé à vous chérir avec toute la chaleur d'un cœur encore jeune.

LETTRE II.

ALBERT DE LUNEBOURG A AMÉLIE MANSFIELD, *sa sœur*.

Dresde, 5 mai.

Je te remets, mon Amélie, la lettre que tu m'as envoyée ce matin ; elle prouve que M. Grandson a le sens droit, une grande franchise et le cœur excellent. La proposition qu'il te fait mérite notre reconnaissance, et peut-être ton consentement..... Ah ! mon Amélie ! je n'ai point tracé ce mot sans un effort douloureux, et tu crois bien que, si je ne consultais que mon cœur, je te retiendrais ici ; mais tu y es si mal sous tant de rapports, on t'y juge si désavantageusement, on rend si peu de justice aux qualités qui te distinguent, qu'il y aurait de la sagesse à t'éloigner ; j'espère que ce ne sera pas pour toujours. La raison dissipe enfin les préventions, l'absence peut adoucir les ressentiments, et quel-

quefois le temps a affaibli la haine ; mais,
lors même que perdant à jamais l'espoir
de retrouver à Dresde la considération
dont tu jouissais et que tu mérites, tu croirais devoir te fixer en Suisse, serions-nous
séparés pour cela ? Quels que soient les
motifs qui me retiennent ici, en est-il d'assez puissants pour m'empêcher d'aller revoir ma sœur bien aimée ? Si tu pars, je
ne te laisserai point t'exposer seule aux fatigues d'une si longue route, je te condui-
rai chez ton oncle , je reviendrai aussitôt
faire valoir tous mes droits à la main de
Blanche, et si je l'obtiens, tu connais ton
amie , tu sais si son cœur s'entendra avec
le mien pour partager notre temps entre
notre patrie et celle dont tu auras fait
choix ; et s'il me fallait renoncer à la
femme que j'aime, si je suis réservé à
un pareil malheur, ne sais-tu pas, ô mon
Amélie ! que ce n'est qu'auprès de toi que
je pourrais m'en consoler ? Je te verrai ce
soir , et nous causerons sur tout cela avec
plus de détail.

LETTRE III.

AMÉLIE MANSFIELD A M. GRANDSON.

Dresde, 4 mai.

Depuis long-temps, mon oncle, je nourrissais secrètement le desir de quitter ma
patrie, et en songeant en quel lieu j'irais
fixer mon sort, c'était près de vous que
mon cœur m'appelait; jugez si, dans cette
disposition, j'ai dû accueillir votre lettre
avec tendresse et reconnaissance? Oui,
mon oncle, j'irai vous trouver, je vivrai
près de vous, j'emploierai tous mes soins
à embellir vos jours et à me rendre digne
de cette amitié que vous me promettez.
Sans desirer vos bienfaits, je ne les craindrai point; car cet orgueil, qui s'effraye
de la moindre obligation et n'en peut supporter le poids, m'est aussi étranger que
celui que vous craignez que je n'aie eu
avec mon époux. Non, mon oncle, non,
jamais Mansfield n'a pu croire que je souf-

frais de l'inégalité de nos conditions : comment en aurait-il pu avoir la pensée, lorsque je ne l'ai pas eue un seul instant pendant le cours de notre union ? Si j'ai pleuré
souvent sur mes nœuds infortunés, soyez-
en sûr, mon oncle, ce n'était pas l'orgueil
qui faisait couler mes larmes. Je vais travailler sans interruption au récit que vous
me demandez ; il rouvrira toutes mes blessures, mais s'il vous satisfait et accroît
votre intérêt pour moi, je ne me plaindrai
point d'avoir réveillé ces douloureux souvenirs. Ah ! mon oncle, vous verrez combien j'ai souffert, et peut-être verserez-
vous quelques pleurs sur mon sort ; mais
souffrir est le partage de tout ce qui respire, et si je passe en paix mes dernières
années, sans doute je n'aurai pas le droit
de me plaindre du mien. Ne vous étonnez
point, mon oncle, de me voir envisager la
fin de ma vie ; je n'ai encore, il est vrai,
que vingt-deux ans ; mais si la marche du
temps se calculait par la vivacité des sensations et le nombre des peines, j'aurais
déjà beaucoup vécu, et je sens que mon

cœur, épuisé et flétri, a besoin de repos
comme au bout de la plus longue carrière.

LETTRE IV.

AMÉLIE A M. GRANDSON.

Dresde, 8 mai.

Voici, mon oncle, le récit que vous de-
sirez; il est écrit dans toute la sincérité de
mon cœur. Après l'avoir lu, vous saurez
ma vie comme je la sais moi-même. Peut-
être le trouverez-vous un peu long, mais
je me suis trop hâtée de le faire pour avoir
eu le temps de l'abréger. Je vous demande
votre indulgence pour quelques pages sur
ma première enfance, qui a eu trop d'influence sur ma destinée pour devoir les
supprimer, et je vous la demande plus encore pour quelques détails de généalogie,
qui m'ont paru indispensablement nécessaires à l'intelligence de plusieurs événe-
ments.

HISTOIRE D'AMÉLIE.

Le comte de Woldemar, mon grand-père, enorgueilli de tenir à une famille qui avait donné des souverains à la Saxe et des rois à la Pologne, jura une haine immortelle à ceux de ses descendants qui altéreraient, par une mésalliance, la pureté d'un sang aussi illustre. Après avoir uni son fils unique, le baron de Woldemar, à la fière et riche héritière des comtes de Kybourg, et ses deux filles, l'une au comte de Lunebourg mon père, et l'autre au baron de Geysa, il craignit que s'il ne pouvait veiller lui-même aux mariages de ses petits-enfants, ils ne formassent des nœuds indignes de leur naissance. Pour prévenir un malheur qu'il regardait comme le plus grand de tous, et n'imaginant pas de plus nobles alliances que celles qui se contracteraient dans le sein même de sa famille, il fit un testament par lequel il instituait son petit-fils Ernest de Woldemar, héritier de son titre et de sa fortune,

à condition qu'il épouserait Amélie de Lunebourg, sa petite-fille; en cas de refus de
de ma part, il me dépouillait de ma por-
tion dans son héritage, et faisait succéder
Blanche de Geysa, son autre petite-fille,
à mes droits comme à la main d'Ernest;
enfin, si ce dernier se refusait à épouser
l'une ou l'autre de ses cousines, il trans-
mettait son titre et sa fortune à Albert de
Lunebourg, mon frère, en obligeant alors
celui-ci de s'unir à Blanche de Geysa.

C'est ainsi qu'il décida de notre sort bien
avant l'âge où notre cœur pouvait être
consulté; il mourut peu après, satisfait
d'avoir assuré la noblesse de son sang, et
sans avoir seulement pensé que, dans de
pareils projets, les inclinations dussent
entrer pour quelque chose.

Jusqu'à ce moment nous avions habité
Dresde; car, pour faciliter l'exécution de
ses volontés, il avait exigé qu'Albert et
moi fussions élevés chez lui avec Blanche
et Ernest. Quoique ce dernier n'eût que
dix ans, et que j'en eusse à peine neuf,
nous étions déjà instruits de notre future

union, et déjà mon cœur se révoltait contre elle ; le caractère violent et emporté
d'Ernest le rendait le fléau de tout ce qui
l'entourait: insolent avec ses gens, il prétendait exercer le même empire sur ses
petits compagnons, et il ne se passait guère
de jour que Blanche et moi ne fussions les
victimes de sa tyrannie: aussi le détestions·
nous toutes deux. Son caractère altier ne
fléchissait que devant mon frère, qui, plus
âgé de quatre ans, lui en imposait par sa
fermeté et sa raison. Un jour cependant
(ce fut le dernier que nous passâmes ensemble et celui qui mit le comble à mon
aversion), Ernest me tenait par le bras et
voulait me faire mettre à genoux pour lui
jurer soumission et obéissance; je me dé-
battais pour lui échapper; il menaçait de
me frapper si je n'obéissais pas, lorsque
Albert parut, vola à mon secours et m'ar-
racha des mains de son cousin. Celui-ci,
furieux, s'élança sur mon frère; Albert,
maître de ses sens, et usant de la supériorité que l'âge lui donnait sur son adver-
saire, lui saisit les mains, le poussa contre

la porte et l'allait chasser de l'appartement,
lorsqu'Ernest, dont la colère doublait les
forces, parvint, par un mouvement brus-
que et inattendu, à reprendre sa liberté;
et, saisissant un gros livre, il le jeta avec
tant de violence à la tête de mon frère,
qu'à l'instant je vis celui-ci, couvert de
sang, tomber sans mouvement sur le plan-
cher. Je le crus mort, et dans mon désespoir je parcourais la chambre en criant:
Il est mort! il est mort! Ernest, effrayé,
me conjurait de me taire et de l'aider à
secourir Albert; mais, loin de l'écouter,
je continuais à crier: *Au secours! au secours!* Ernest, irrité du bruit que je fai-
sais, et craignant d'être surpris, mit ses
deux mains contre mes lèvres avec tant
de fureur, que je sentis aussitôt ma bouche en sang: « O le méchant! m'écriai-je,
il veut me tuer aussi. » Cependant ma
tante, dont la chambre n'était pas éloignée
de celle où se passait cette scène, m'ayant
enfin entendue, se hâta d'accourir; elle
fut effrayé de l'état où elle nous trouva
tous trois. En l'apercevant, Ernest s'éloi-

gna de moi , mais demeura dans la chambre, et regarda fièrement sa mère, comme decidé à braver sa colère. Pour moi , je me jetai dans les bras de ma tante, en lui disant : « Votre méchant fils a tué mon frère, je ne l'épouserai jamais , je mourrais plutôt que d'être sa femme. » Ma tante m'embrassa en silence, et s'empressa de relever mon frère; on lui donna du secours, et au bout de trois jours il fut guéri. Pour moi, renfermée dans son appartement, je refusais toujours de voir Ernest, contre lequel je montrais une si forte haine, que ma tante, craignant de l'augmenter en nous laissant plus long-temps ensemble, se détermina à envoyer son fils à l'université de Leipsick. Avant son départ, elle voulut exiger qu'il vînt me demander pardon ainsi qu'à mon frère ; mais il s'y refusa obstinément, en disant que, comme je lui appartenais, il avait justement puni Albert , qui voulait l'empêcher de disposer de moi, et qu'il expirerait plutôt que de s'humilier devant celle dont il devait être le maître. Quand on me rapporta ces paroles, je jurai que jamais il ne serait le mien; et comme ma tante s'efforçait de m'adoucir, en me remontrant qu'il ne convenait pas aux femmes d'avoir tant de rancune, je lui répondis, en me jetant dans les bras d'Albert, que jamais je ne pardonnerais le mal qu'on ferait à mon frère. Madame de Woldemar, perdant alors tout espoir de réconciliation pour le moment, n'insista plus pour qu'Ernest parût devant moi, et il partit sans que nous nous fussions revus.

Au bout de deux mois d'absence, le baron de Woldemar, son père, mourut, et ma tante se retira dans la terre de ce nom, située au milieu de la fertile vallée de Plaven, à une très petite distance de Dresde. Elle aurait beaucoup desiré que mes parents me laissassent avec elle; mais mon père, peu satisfait de l'éducation qu'elle avait donnée à Ernest, refusa constamment de céder à ses prières, et m'emmena avec lui dans sa terre de Lunebourg, où il fut s'établir avec toute sa famille.

Mon père, quoique d'une haute naissance, avait l'esprit trop juste et le carac-

tère trop généreux, pour s'enorgueillir
d'un avantage qu'il devait au hasard, et
pour croire que le mérite fût attaché à la
seule noblesse du sang. Sa façon de penser
s'accordant à cet égard avec celle de ma
mère, l'éducation de mon frère et la
mienne s'en ressentirent. On nous apprit
sans doute à respecter notre nom, mais la
vertu avant lui. C'est à cette excellente
école que s'est formé mon frère, le meilleur des frères; c'est là que s'est dévelop-
pée cette raison qui l'élève au-dessus des
faiblesses humaines, et cette sensibilité
qui l'y fait compatir; c'est là qu'il a puisé
cette austérité de principes et cette indulgence de cœur qui font de lui le guide le
plus sûr, l'ami le plus tendre et le bienfaiteur le plus délicat. Ah! mon oncle, quand
vous connaîtrez mon Albert, quand vous
saurez tout ce qu'il m'a sacrifié, vous verrez s'il est possible que je trace jamais son
nom sans l'accompagner d'éloges et de
bénédictions.

La terre de Geysa étant contiguë à celle
de Lunebourg, nous passions presque tous

nos jours avec Blanche. Je ne sais s'il faut
attribuer aux conseils de mon frère, à la
société d'Albert, ou à un heureux naturel,
l'esprit précoce de cette charmante amie;
mais il est certain qu'elle étonnait d'autant
plus par la justesse de son jugement et la
vivacité de ses réparties, que ses parents,
imbus du même orgueil que la baronne de
Woldemar, et n'ayant aucune des qualités
qui le faisaient excuser dans celle-ci, ne pouvaient s'attribuer aux yeux de personne
les brillantes qualités qu'on admirait dans
leur fille.

Quatre ans se passèrent ainsi; et pendant cet intervalle nous allions souvent
chez madame de Woldemar; elle m'accablait des plus tendres caresses, et j'aurais
payé son affection de toute la mienne, si
le nom de fille, qu'elle me donnait sans
cesse, ne m'eût rappelé le désagréable
souvenir de l'époux qui m'était destiné. Je
savais confusément par Blanche, à qui son
père ne pouvait rien cacher, que les maîtres d'Ernest portaient les plaintes les plus
graves contre la violence de son caractère;

la sévérité n'avait pas plus d'empire sur lui
que la douceur; il s'indignait de l'une, mé-
prisait l'autre; enfin, malgré les progrès
extraordinaires qu'il faisait dans les scien-
ces, et les témoignages qu'on ne pouvait
s'empêcher de rendre à la supériorité de
son intelligence, ses maîtres, fatigués de
ses dédains et de son indocilité, le mena-
cèrent de le renvoyer à sa famille; il né
put souffrir qu'on en eût seulement la pensée, et, secouant un joug qui lui semblait
avilissant, il quitta l'université et revint
chez sa mère.

Madame de Woldemar était seule dans
sa terre quand il arriva; il lui fallut peu
de jours pour reconnaître dans son fils les
mêmes défauts qu'il avait dans son enfance, mais accrus par l'âge et enracinés
par l'habitude: aussi la malheureuse mère
se garda-t-elle bien de nous l'amener, ni
même de nous faire part de son arrivée.
Après y avoir réfléchi long-temps, elle se
détermina à le faire voyager. Cependant,
trop sûre que l'autorité d'un gouverneur
ne ferait qu'accroître la fougue de ce bouil-

fant caractère, elle prit la résolution hardie de le confier à un jeune homme qui
n'avait guère que six ans de plus que lui,
mais dont elle connaissait les mœurs, la
sagesse, et qui seul avait su prendre de
l'ascendant sur Ernest, et s'en faire écouter et chérir, tout en le blâmant souvent
et lui résistant toujours.

Ma tante ne fut pas long-temps sans se
féliciter du parti qu'elle avait pris ; toutes
les lettres de son fils lui annonçaient d'heureux changements ; elle ne cessait de nous
dire : « J'ai eu tort de vouloir conduire
mon Ernest comme un homme ordinaire ;
il sent trop sa dignité et sa valeur pour
pouvoir se soumettre à d'autre empire
qu'à celui de sa propre raison ; voyez, depuis qu'il est libre et maître de lui-même,
comme il revient à toutes les vertus ! »

Je croyais que ces éloges n'étaient que
l'effet de l'aveuglement d'une mère, et de
son desir d'affaiblir mon aversion ; je le
croyais d'autant plus, que j'entendais les
domestiques et les paysans raconter tout
ce qu'ils avaient eu à souffrir de l'humeur

indomptable d'Ernest pendant son dernier
séjour chez sa mère ; et ces faits , que tant
de témoins attestaient, avaient bien plus
de poids dans mon esprit qu'un change-
ment dont ma tante seule me parlait. Chaque fois qu'elle entamait ce sujet , je répondais à peine. Irritée de ce silence obsti-
né , elle me reprocha un jour, avec tant
d'amertume et de dureté , l'éloignement
que je montrais pour son fils, qu'habituée
comme je l'étais à la tendre indulgence de
mes parents, je fus d'autant plus blessée
du ton de ma tante , et je sentis redoubler
la déplaisance que m'inspirait le séjour
de Woldemar, où je ne rencontrais jamais qu'une société composée de la plus
haute noblesse du pays, subjuguée par les
mêmes préjugés , et soumise à une éti-
quette ridicule, dont madame de Woldemar aimait mieux supporter l'ennui que
de sortir du cercle que l'orgueil avait tracé
autour d'elle : aussi , quand j'avais passé
quelques mois dans sa terre , avec quelle
joie je quittais ce séjour, où tout respirait
la contrainte , la hauteur et le faste, pour

retrouver la douce liberté et les visages
riants de Lunebourg ! Le genre d'esprit de
mon père ne lui permettait point d'adopter les usages de la noblesse saxonne, qui,
n'admettant aucun mélange dans les diverses classes de la société, apportent un
obstacle invincible à ce que les hommes
de mérite soient traités comme ils doivent
l'être. Il aimait passionnément les arts et
les lettres ; il accueillait, il recherchait les
savants et les artistes célèbres : aussi sa
terre était-elle l'asile des talents et des
lumières ; et, pour être admis chez lui,
une grande célébrité était plus utile qu'un
grand nom. Tel fut le motif de la distinction avec laquelle il reçut votre neveu ;
sur la réputation de M. Mansfield, mon
père desirait le connaître et l'attirer chez
lui. Étonné de voir dans un âge aussi tendre le talent de la poésie porté à un si haut
degré, il ne tarissait point sur tout ce que
promettait un si rare génie ; mais, lorsqu'après quelque temps de séjour à Lunebourg, il découvrit que M. Mansfield était
encore peintre et musicien, l'affection

2..

qu'il prit pour ce jeune homme fut si ardente, qu'elle devint communicative ; ma
mère le traitait comme son fils , et il n'y
avait plus de bonheur à Lunebourg que
quand M. Mansfield y arrivait. Assurément mes parents étaient loin de voir en
lui l'époux de leur fille , et je doute même
qu'ils eussent jamais donné leur consentement à un pareil choix; mais ils ne pré-
voyaient pas que ce sentiment d'admiration, auquel ils se livraient sans réserve ,
allait devenir dans mon ame un sentiment
plus tendre. J'avais alors quinze ans ; je ne
voyais que par les yeux de mon père , et je
chérissais tout ce qu'il aimait ; j'étais ,
comme lui, portée à l'enthousiasme et
douée de la même vivacité d'imagination.
Les éloges qu'il ne cessait de prodiguer à
M. Mansfield m'éblouirent et m'enivrè-
rent ; je commençai par prendre, pour ses
talents, une adoration qui passa bientôt
jusqu'à sa personne ; mais je le regardais
comme un être d'une espèce trop supérieure , pour croire qu'il pût m'inspirer un
sentiment qui demande de l'égalité ; tandis

que, de son côté, ma naissance lui paraissait trop au-dessus de la sienne, pour me voir autrement que comme la fille de son ami et de son protecteur.

J'avais quelques talents qu'il se plaisait à perfectionner lorsqu'il venait à Lunebourg; sa voix, sensible et mélodieuse, m'apprenait à rendre des sons plus touchants; il me faisait réciter ses vers, où l'amour était peint avec tous ses charmes: un éloge de sa part me ravissait. Que de fois, enchantée d'avoir obtenu son approbation, je m'échappais pour aller verser des larmes d'orgueil et de joie! Je répétais alors ses moindres expressions, son geste, son regard, je n'oubliais rien; et quand je rentrais dans le salon, s'il s'approchait de moi, s'il m'adressait quelques mots flatteurs, mon cœur palpitait, mes joues devenaient brûlantes, ma voix tremblait, et à peine pouvais-je savoir ce que je répondais. Ce trouble me désolait, non par la crainte qu'il ne révélât à M. Mansfield un sentiment que j'ignorais moi-même, mais par la mauvaise opinion qu'il devait lui

donner de mon esprit; je me sentais si
embarrassée devant lui, que je croyais lui
devoir de la reconnaissance pour les en-
couragements qu'il daignait m'accorder.
Combien Blanche me semblait heureuse
d'oser causer avec lui! que j'enviais cette
piquante vivacité à laquelle il donnait tant
de louanges! sans que mon amitié pour
Blanche en fût altérée. Je pleurais de dépit
de me sentir moins aimable qu'elle, et
dans ce moment je laissais voir un désordre
dont il était bien difficile qu'il ne pénétrât
pas le motif. Cependant, soit par respect
pour ma jeunesse et ma naissance, soit
par la crainte de perdre les bontés de mon
père, il ne m'avait jamais laissé entrevoir
son amour, et j'ignorais toujours le mien,
lorsque la baronne de Woldemar vint passer quelque temps à Lunebourg. D'un
coup-d'œil elle eut bientôt pénétré ma
prédilection pour M. Mansfield, et, révoltée de voir un semblable rival à Ernest,
elle s'en vengeait en saisissant toutes les
occasions de traiter M. Mansfield avec le
mépris le plus marqué; mais, loin de m'é-

loigner de lui par cette conduite, elle me le rendait plus cher, et me faisait chercher avec empressement tous les moyens de le dédommager des mortifications dont elle se plaisait à l'accabler. Si je le voyais rougir et prêt à s'offenser des sarcasmes indirects qu'elle lui lançait, je rougissais plus que lui, je lui adressais la parole du ton le plus doux que je pouvais trouver, en le regardant d'un air plus doux encore; alors il s'attendrissait, baissait les yeux, et gardait un silence qui semblait lui coûter trop, pour que je ne démêlasse pas que celle qui obtenait de lui un pareil effort ne devait pas lui être indifférente. Cependant il ne disait rien, et peut-être ne se serait-il jamais déterminé à me parler, si un hasard imprévu ne l'eût forcé à cet aveu.

Un matin je dessinais dans une galerie qui n'était séparée du cabinet de mon père que par une porte vitrée couverte d'un rideau. M. Mansfield y vint sous le prétexte de chercher quelques crayons; il s'approcha de moi, loua mon ouvrage, et, appuyé derrière ma chaise, il me regardait travailler en silence , lorsque tout-à-coup nous entendîmes ma mère et madame de Woldemar entrer dans le cabinet à côté, et commencer à parler assez bas. Comme il n'y avait d'issue pour sortir de la galerie que la pièce où elles étaient, j'allais la traverser, quand les voix s'élevant peu à peu, j'entendis prononcer mon nom : je m'arrêtai. M. Mansfield me regardait comme pour chercher dans mes yeux ce qu'il devait faire. Je ne savais à quoi me résoudre; plus nous restions, plus l'embarras de nous montrer augmentait , et plus mon intérêt me pressait d'écouter.

« Amélie m'est bien chère , disait ma tante, son esprit est au-dessus de son âge, son ame est pleine d'énergie , et la douce sensibilité de son caractère est plus séduisante encore, s'il est possible, que les charmes de sa figure; mais tant d'avantages seront perdus , si vous ne veillez sur votre fille , peut-être le sont-ils déjà : je rougis de le penser, et pour l'honneur de son nom , et pour l'honneur de celui qu'elle doit porter un jour..... Amélie aime. —

Amélie aime ! s'écria ma mère étonnée. »
A cette exclamation, une rougeur brû-
lante couvrit mon front ; je feignis de continuer mon ouvrage, mais un nuage était
sur mes yeux, et je ne voyais rien que
M. Mansfield, qui me fixait avec des regards remplis de tendresse et d'inquiétude.
« Je ne vous dissimulerai pas, continua la
baronne, que je suis profondément blessée de ce qui se passe chez vous ; je ne dé-
sapprouve pas qu'on estime le savoir et
les talents, mais non pas au-dessus de ce
qu'ils valent ; ici ils ont été mis avant tout.
Amélie n'a point été élevée comme son
rang l'exigeait : entourée, depuis son adolescence, de gens sans nom, de littérateurs,
de baladins, auxquels elle vous voyait, ainsi
que son père, prodiguer inconsidérément
vos éloges et votre amitié, comment aurait-elle appris à respecter sa naissance ?
Aussi qu'en est-il arrivé ? C'est que, n'ayant
point le sentiment de sa dignité, elle s'est
avilie, elle, Amélie de Lunebourg, l'é-
pouse destinée à Ernest de Woldemar,
jusqu'à aimer un M. Mansfield ! » A ce

2...

nom, le crayon échappa de ma main ;
M. Mansfield la pressa entre les siennes ;
je ne la retirai pas. « Je crois bien, reprit
ma mère, qu'Amélie admire les talents
de M. Mansfield, mais non qu'elle lui accorde une préférence répréhensible. —Je
voudrais pouvoir en douter, répliqua la
baronne ; mais son amour se décèle par
des signes trop certains, pour qu'il puisse
me rester l'ombre d'un doute, et je m'é-
tonne comment vous n'en avez pas été
frappée. Direz-vous aussi que vous n'apercevez pas que, de son côté, ce Mansfield ne
l'aime ou ne cherche à la séduire ? » A ces
mots, M. Mansfield tomba à mes genoux,
et m'entourant de ses deux bras, il me dit
d'une voix étouffée : « Oui, je vous aime
mille fois plus que ma vie ; mais le ciel
m'est témoin que je suis si éloigné de vouloir vous séduire, que, sans un événement
qui me met dans l'impossibilité de me taire,
mon respect pour votre rang m'eût fait ren-
fermer mon secret dans mon cœur, et que je
serais plutôt mort que de vous le révéler. »
A ces mots, je cachai mon visage entre mes

mains, pour dérober à M. Mansfield la joie
que me causait un tel aveu; il allait reprendre la parole, lorsqu'il fut interrompu par la
baronne, qui répondait, avec un accent
haut et impérieux, à quelque objection que
ma mère lui avait faite, et que l'aveu de
M. Mansfield m'avait fait perdre. « Quoi
qu'il en soit, ma sœur, comme mes droits
sur Amélie sont presque aussi puissants
que les vôtres, puisque étant destinée à
Ernest, je la regarde déjà comme ma fille,
et qu'il faut qu'elle se rende digne de l'être,
j'exige que, dès demain, on la sépare de
M. Mansfield; et puisque vous refusez de
le chasser de chez vous, j'espère qu'il me
sera permis de garder Amélie avec moi
tout le temps qu'il passera ici. »

Les observations de la baronne avaient
fait quelque impression sur l'esprit de ma
mère, et, lors même qu'elle les aurait trou-
vées fausses, comme elle ne voyait aucun
inconvénient à me séparer de M. Mansfield, elle s'engagea à obtenir de mon père
la permission de me laisser partir dès le
lendemain pour Woldemar.

A cette conclusion, je sentis une vive
douleur. M. Mansfield, pâle et agité, me
regardait avec des yeux où se peignaient
l'incertitude et l'effroi; il n'osait me parler;
mais à peine eut-il entendu ma tante et ma
mère s'éloigner, qu'il rompit le silence.
« Quel sera mon sort? me dit-il. Faut-il
vous perdre à jamais? — Si mon père l'or-
donne, je partirai; mais recevez la promesse que je ne serai jamais la comtesse
de Woldemar. — O mon Amélie! me dit-
il en versant des larmes, si vous savez
aimer, cette promesse peut-elle vous suf-
fire? Maintenant que j'ai osé vous ouvrir
mon cœur, et que j'ai pu lire dans le vôtre,
il ne m'est plus possible de renoncer à vous;
et m'ôter l'espoir de vous posséder un
jour, c'est prononcer ma mort. — Eh bien!
interrompis-je vivement, je jure, si je suis
jamais libre, de ne vivre que pour vous,
et de ne changer mon nom que pour le
vôtre. — J'y compte, répliqua-t-il avec
transport, généreuse Amélie; vous venez
d'assurer mon bonheur. » Ces mots, sa joie,
son air de triomphe, me firent sentir la

force et l'importance des paroles qui venaient de m'échapper. Honteuse de m'être
engagée par un pareil serment sans le consentement de mon père, je quittai la galerie précipitamment, dans une confusion
inexprimable.

Le même jour, en sortant de table, mon
père me prit par la main, et me dit: « Votre
tante désire vous emmener demain avec
elle, Amélie; n'y consentez-vous pas avec
plaisir? — Ce n'est jamais avec plaisir que
je me sépare de mon père, répliquai-je
timidement — Il faut pourtant vous ac-
coutumer à savoir le quitter, reprit la baronne, puisque vous n'êtes pas destinée à
passer vos jours près de lui. — C'est pour
cela, madame, que je voudrais lui consacrer tous ceux dont je peux disposer encore. — Pardonnez, ma sœur, dit mon
père en s'adressant à la baronne, si je vois
avec satisfaction que le vœu de ma fille,
comme le mien, est de nous séparer le plus
tard possible: Amélie restera ici. » A ces
mots, M. Mansfield, qui semblait ne pas
écouter la conversation, laissa échapper

un mouvement de joie, et je baisai la main
de mon père avec plus de tendresse qu'à
l'ordinaire. Ces signes d'intelligence n'é-
chappèrent pas à la baronne; elle nous
considéra un moment en silence, et, se re-
tournant vers ma mère, elle lui dit froidement: « Vous n'avez donc pas instruit
M. de Lunebourg du motif particulier
qui m'engage à emmener Amélie? — J'ai
cru, répondit ma mère un peu embarrassée, qu'il suffisait, pour le déterminer, de
lui parler de votre desir. — Vous voyez
bien que vous vous êtes trompée, et qu'il
faut tout dire. » Mon père parut surpris :
« Que signifie ce mystère? interrompit-il,
et qu'avez-vous à m'apprendre? » Ma
tante, sans lui répondre, fixa ses yeux sur
M. Mansfield avec l'expression du plus
profond mépris. Mon père, qui suivait
tous ses mouvements, ayant cru apercevoir dans ce regard le desir de ne point
s'expliquer devant un étranger, ajouta
aussitôt: « Est-ce quelques secrets de famille que vous voulez me confier, et
M. Mansfield est-il de trop ici? — De trop,

répliqua la baronne avec un dédain encore
plus marqué, n'est-ce que d'à-présent que
vous vous en apercevez? » A ces mots, la
frayeur me saisit ; je craignis que madame
de Woldemar n'accusât Mansfield de séduction , et que mon père, irrité, ne le
bannît de chez lui en m'ordonnant de ne
plus le revoir. Pour éviter un pareil éclat,
je crus que le meilleur parti était de céder
aux ordres de ma tante; et, me tournant
vers elle, je lui dis d'une voix tremblante :
« Puisque vous avez la bonté, madame,
d'attacher tant de prix à mon séjour à
Woldemar, si mes parents le permettent
je suis prête à vous suivre. » Cette réponse,
les paroles de la baronne, surtout l'excès
de mon trouble, découvrirent sans doute
à mon père, et les soupçons qu'on avait
formés, et le mystère qu'on lui cachait ;
car, sans demander aucun éclaircissement,
il se contenta de me dire, d'un ton un peu
plus grave : « Je suis bien aise, Amélie, que
vous n'ayez pas attendu mes ordres pour
obéir à votre tante; l'amitié qu'elle vous témoigne, et les droits qu'elle doit avoir sur

vous, mériteraient bien quelques sacrifices
de votre part, si c'en pouvait être un de
partir avec elle. » Après cette phrase, il me
fixa : je rougis alors ; il eut pitié de mon embarras, et me dit d'un ton plus doux : « Mon
Amélie, retirez-vous dans votre appartement, vous devez avoir des préparatifs à
faire pour votre départ. » Je me levai ; il
me tendit les bras, je m'y précipitai en
pleurant. « Calme cette douleur, mon enfant, me dit-il, nous ne nous séparons pas
pour long-temps, nous nous reverrons. »
Hélas ! oui, je devais le revoir bientôt,
mais pour lui dire un éternel adieu.

Pendant cette scène, M. Mansfield avait
changé plusieurs fois de couleur. Du reste
du jour il ne put m'entretenir ; mais le
lendemain, comme je descendais de très
bonne heure dans le salon pour chercher
un ouvrage que je voulais emporter,
M. Mansfield, qui m'avait entendu sortir
de mon appartement, se hâta de me joindre ; il avait l'air abattu. « Vous avez donc
consenti à vous éloigner, me dit-il tristement ? — Que pouvais-je faire, M. Mans-

field? N'avez-vous pas vu hier quels regards madame de Woldemar lançait sur vous? Elle allait vous accuser d'être la cause de mon refus, et mon père ne vous l'aurait peut-être pas pardonné. — Eh! qu'importe, Amélie, il fallait m'exposer à sa colère, il fallait tout risquer, tout souffrir, plutôt que de partir avec votre tante; mais à votre âge on est si craintive! Hélas! on ne sait point aimer. — Après ma promesse, vous osez dire que je ne sais point aimer, m'écriai-je en levant les mains au ciel! — Amélie, reprit-il très vivement, tout nous sépare, la naissance, la fortune, la volonté de vos parents, les engagements qui vous lient; puis je espérer trouver dans un si jeune cœur assez d'énergie, d'élévation et d'amour, pour surmonter tant d'obstacles et vaincre tant de préjugés? Serez-vous supérieure à tout votre sexe par la force de votre caractère, comme vous l'êtes par les charmes tout-puissants qui vous ont rendue l'objet de mon adoration? Et quand il s'agira de vous donner à un homme que vous abhorrez, et de prononcer l'arrêt de ma mort, aurez-vous le courage de résister? — M. Mansfield, repris-je, j'ai du courage, et beaucoup; je saurai l'opposer à tout, hors aux prières de mon père: s'il me demande mon malheur, je consentirai à mon malheur; mais tranquillisez-vous, il ne voudra jamais celui de sa fille. » En finissant ces mots, je crus entendre la voix de ma tante sur l'escalier, et je m'échappai. Deux heures après, je montai dans sa voiture avec elle pour nous rendre à Woldemar. Elle ne me fit aucun reproche, ne m'adressa aucune plainte, ne prononça pas une seule fois le nom de M. Mansfield, et ne cessa de m'entretenir d'Ernest; mais plus elle m'en parlait, plus je sentais s'augmenter mon aversion pour lui; plus elle montrait de mépris pour les mésalliances, plus je jurais dans mon cœur de n'appartenir jamais qu'à M. Mansfield.

Il y avait deux mois que j'étais à Woldemar, lorsque je reçus la triste nouvelle de la mort de ma mère: elle avait été enlevée en trois jours par une fièvre maligne, et mon pere, accablé de douleur, me rappelait auprès de lui; il rappelait aussi mon frère, qui finissait ses études à Vienne. Ma tante ne voulut point me laisser retourner seule à Lunebourg; elle devenait ma mère, me disait-elle, et dèslors la tendresse autant que le devoir lui prescrivaient de ne plus me quitter. Je fus peu touchée de cette marque d'affection, parce que, dans un pareil moment, je ne sentais que la perte que je venais de faire et la douleur de mon père.

Je ne puis m'empêcher de remarquer, à ce sujet, combien les personnes qui ont le plus d'esprit savent rarement employer les moyens d'atteindre le but qu'elles se proposent. Tout occupée de mes parents, je ne songeais point, en m'approchant de Lunebourg, si j'y retrouverais M. Mansfield. Ma tante, qui était si intéressée à écarter de moi un pareil souvenir, fut la première à le faire renaître. « J'espère, me dit-elle en entrant dans l'avenue du château, que, dans une maison de deuil, consacrée maintenant à la tristesse, nous

ne rencontrerons plus ces étrangers, ces
artistes, ces musiciens, qui ne doivent être
admis que dans les jours de plaisir? — Assurément, madame, vous devez être bien
sûre de ne trouver auprès de mon père
que ceux qu'il regarde comme ses amis.
— Oseriez-vous supposer, reprit-elle avec
aigreur, qu'il comptât M. Mansfield dans
ce nombre? — Du moins, répondis-je en
rougissant, il l'a toujours traité comme
tel. — Vous vous attendez donc à revoir
cet homme-là aujourd'hui? — Je n'y avais
point pensé; mais je présume qu'il n'aura
point abandonné mon père au moment où
il était seul et en proie à la plus amère
douleur.—Je le présume aussi, reprit ma
tante avec une froide ironie; mais comme
votre père aura aujourd'hui près de lui sa
sœur et sa fille, les soins de M. Mansfield
deviennent inutiles, et si celui-ci ne le sent
pas, je me chargerai de le lui apprendre.
— J'imagine, madame, répliquai-je un
peu vivement, que vous n'oublierez pas
que vous êtes dans la maison de mon père,
et que vous parlez à un homme qu'il con-

sidère? » Ma tante me regarda fixement,
et après un moment de silence, elle ajouta
d'un ton grave : « Prenez garde à vous,
Amélie; quoique vous me soyez aussi chère
que mon propre fils, il est des erreurs que
je regarderais comme si coupables dans
une fille de mon sang, qu'un repentir de
toute la vie ne pourrait me les faire pardonner. » Je ne répondis point , et peu de
minutes après la voiture entra dans les
cours du château.

Nous trouvâmes mon père très mal ; il
gardait le lit , et était dans un tel accable-
ment, que notre arrivée put à peine l'en
tirer. M. Mansfield ne quittait point sa
chambre ; mais il n'y avait pas une heure
que nous y étions, que je vis madame de
Woldemar le tirer à l'écart , tandis que je
donnais une potion à mon père, et lui dire
quelques mots à l'oreille, qui le firent tressaillir et quitter l'appartement sur-le-
champ. Je n'osai faire aucune question;
je m'efforçai même de surmonter mon
trouble en ne m'occupant que de mon père,
lorsque , vers cinq heures du soir , un do-

mestique me remit mystérieusement ce billet de M. Mansfield :

« Je quitte le château pour ne vous re-
» voir peut-être jamais. Dans la douleur
» qui m'accable, je compte assez sur votre
» bonté pour être sûr que vous ne refuse-
» rez pas de venir me dire un dernier adieu.
» Je vous attends sous les grands ifs du
» bas parc. »

J'aimais, je n'avais pas dix-sept ans, je voyais la peine d'un homme qui m'était cher, j'étais révoltée de la tyrannie de madame de Woldemar : tant de motifs réunis pouvaient pallier peut-être, mais non justifier le tort d'avoir accepté un pareil rendez-vous.

Vers sept heures, mon père s'endormit, et je descendis dans le parc. Ma tante, qui croyait M. Mansfield parti depuis le matin, ne s'opposa point à ma promenade. Aussitôt que M. Mansfield m'aperçut, il accourut, me prit la main, et me dit avec beaucoup d'agitation : « Amélie, après la manière dont votre tante m'a traité, il est impossible que je demeure plus long-temps

dans une maison qu'elle habite. Pour ne
point m'eloigner de vous, j'aurais consenti
à dévorer en silence toutes les humilia-
tions dont elle m'aurait accablé, mais elle
me menace d'une scène publique ; elle est
résolue à ne rien ménager ; ni l'état de
votre père, ni la crainte de vous compro-
mettre ne la retiendront : voilà ce qui m'a
décidé. Plutôt que de nuire à des intérêts
si chers, je consens à dévouer ma vie au
malheur. Adieu ! en vous quittant je vous
rends votre liberté, je vous rends vos promesses ; je ne veux point que votre tendresse pour un infortuné vous expose à des
persécutions ; oubliez mon existence, rem-
plissez le vœu de votre famille; vous n'en-
tendrez jamais parler de moi. »

Loin d'accepter l'offre de M. Mansfield,
la grandeur d'ame qui la faisait faire m'imposait, à ce que je croyais, la loi de la re-
fuser ; je regardais comme un devoir de
le dédommager des affronts qu'il avait es-
suyés ; et, m'élever pour lui au-dessus des
préjugés, me semblait autant un acte de
vertu qu'une preuve d'amour : aussi n'hé-

sitai-je pas à lui confirmer mes promesses, et à lui jurer de ne jamais appartenir qu'à lui. Il se précipita à mes pieds, en s'applaudissant d'être vaincu en générosité; il me conjura de lui écrire dans la ville la plus prochaine de Lunebourg, où il allait se retirer; je le lui promis, et nous nous séparâmes.

Les progrès du mal de mon père furent si rapides que, malgré toute la diligence d'Albert pour se rendre à Lunebourg, il ne put arriver que la veille de sa mort. Comment entreprendre de tracer cette scène de terreur et d'affliction, où deux orphelins se virent privés du meilleur des pères, de leur unique appui. Tous deux l'un contre l'autre à genoux près de son lit, n'ayant plus d'espérance, nous ne formions qu'un seul vœu, c'était de mourir avec lui. La nuit s'avançait; nous frémissions de voir renaître le jour, qu'on nous avait annoncé devoir être le dernier des siens. Mon père, qui sentait son état, fit un effort pour parler : « Écoute-moi, Albert, dit-il. » A ces mots, prononcés d'une voix éteinte, mon frère étouffa ses sanglots; je soulevai la tête, et ma tante, qui n'avait point voulu se coucher, s'avança de l'autre côté du lit, en face de moi. Mon père reprit: « Albert, je te connais bien, et je suis sûr de toi, ni l'adversité, ni les passions ne dégraderont ton ame vertueuse; mais cette pauvre orpheline,..... et il étendit vers moi une main que je saisis en la baignant de larmes, il ne lui reste plus que toi..... Mon fils, sers-lui de père, de mère, deviens sa providence. J'ignore si l'époux qui lui est destiné doit faire son bonheur; si tu ne le pensais pas, et qu'une répugnance invincible lui fît redouter cette union, Albert, ne permets point qu'elle s'accomplisse, et que mon Amélie ne soit jamais forcée...» A ce mot, je vis ma tante tressaillir; elle fit un mouvement pour parler, l'état de mon père la retint. Il y eut un long silence: mon père regarda Albert, il semblait attendre une réponse: hors d'état de la faire, mon frère me serra dans ses bras avec transport, en élevant les yeux au ciel comme pour le prendre à témoin du ser-

ment qu'il faisait d'exécuter religieuse-
ment les volontés de son père. Touché de
notre tendresse fraternelle, ses yeux mou-
rants se ranimèrent, il se souleva, unit
entre ses mains la main d'Albert et la
mienne, en demandant à Dieu de bénir
ses enfants comme il les bénissait lui-
même.... Sa tête retomba sur son oreil-
ler, et quelques minutes après il expira....
O mon excellent père ! je vous perdis, et
mes malheurs commencèrent.

Il y avait un mois que nous étions en
proie à la plus vive douleur, lorsqu'un matin madame de Woldemar nous fit prier
de monter chez elle; elle s'assit entre mon
frère et moi, et nous prenant la main,
elle nous dit : « Mes enfants, il est temps
de songer aux arrangements que vous
avez à prendre; je ne puis rester ici plus
long-temps, et il ne serait pas décent qu'à
l'âge d'Amélie elle demeurât seule sous
la tutelle d'un si jeune frère. Je sais bien
que mon fils doit arriver incessamment,
et que son mariage avec Amélie ne pou-
vant se conclure qu'après l'expiration de

votre deuil, les strictes bienséances de-
manderaient peut-être qu'elle passât cette
année ailleurs que chez moi; mais ce n'est
qu'auprès du baron de Geysa qu'elle pourrait se retirer convenablement, et le pro-
cès qui le retient à Vienne avec sa famille
peut encore durer long-temps. Dans cette
circonstance, ma maison devient donc son
seul asile; et je ne crois pas, ajouta-t-elle,
en nous regardant alternativement, que
personne puisse trouver mauvais que,
sous les yeux d'une mère, elle habite quelque temps près de son futur époux. »

A cette proposition, mon cœur battit
violemment; mais ne voulant point m'expliquer devant madame de Woldemar,
je baissai les yeux sans faire de réponse.
Mon frère l'attendit quelque temps avant
de parler; voyant que c'était en vain, il
répliqua qu'en effet il ne croyait point que
les convenances fussent blessées lorsque
j'habiterais sous le même toit qu'Ernest
jusqu'à la fin de mon deuil; mais que, dans
cette occasion-ci, c'était moins elles qu'il
consultait que ma volonté et mon goût,

3..

qu'il donnerait son consentement à tout
ce qui me conviendrait, mais qu'il ne le
donnerait qu'à cette condition. Je per-
sistai à me taire. « N'avez-vous rien à dire?
me demanda ma tante vivement. — Je
parlerai à mon frère, répondis-je d'une
voix tremblante. — A votre frère! répli-
qua-t-elle avec colère; ne pouvez-vous
donc vous expliquer devant moi? Avez-
vous des aveux si honteux à faire que vous
rougissiez de ma présence? » Son ressentiment s'accroissant par mon silence, elle
continua avec un emportement qu'elle
ne pouvait plus modérer : « Quelle est
donc l'indigne pensée qui vous occupe,
Amélie?..... Si c'est celle que je crains,
croyez-vous que votre frère l'entende
sans horreur, lui, le petit-fils des comtes
de Woldemar? Malheureuse! s'il était
possible que tu la nourrisses dans ton sein,
que Dieu te fasse expirer sur l'heure. »
Mon frère, surpris et presque effrayé
d'une pareille imprécation, me prit par le
bras en disant : « Je causerai avec elle,
madame; elle ouvrira son cœur à son ami,

et je suis bien certain de n'y rien découvrir qui puisse excuser la manière dont vous venez de la traiter. » Nous quittâmes madame de Woldemar. A peine arrivée dans ma chambre, je me jetai dans les bras de mon frère, en m'écriant que je ne voulais point aller chez ma tante; qu'il connaissait mon aversion pour Ernest, qu'il savait combien elle était fondée, et que l'idée seule de ce mariage me remplissait de terreur. A ces mots, il m'en souvient, je vis Albert pâlir, il me parut agité; mais, après un moment de réflexion, il prit ma main, qu'il serra fortement entre les siennes, et me dit, en me regardant d'un air attendri: « Mon Amélie ne sera jamais forcée, les dernières volontés d'un père et le cœur d'Albert lui en répondent. »

O mon oncle! si vous saviez quelle sublime générosité renfermait ce peu de mots! mon vertueux frère venait de me sacrifier le bonheur de sa vie entière, car il aimait Blanche de Geysa, et il en était aimé. En suivant la volonté de mon grand-père, mon union eût assuré la leur; tandis qu'en refusant la main d'Ernest, je forçais Blanche à lui donner la sienne sous peine d'être déshéritée. Ce mutuel attachement s'était formé pendant le séjour du baron de Geysa et d'Albert à Vienne. Dans aucune de ses lettres, mon frère ne m'avait parlé de son amour, parce que sachant bien que son sort dépendait de mon mariage, il ne voulait pas que son intérêt gênât ma liberté; et il me connaissait assez pour être sûr que, plutôt que de faire son malheur, je n'hésiterais pas à consentir au mien. Ce n'est qu'après mon mariage avec M. Mansfield, que j'ai su tout ce que je coûtais à Albert, et c'est Blanche qui me l'a appris; sans elle j'aurais ignoré toujours sans doute le mal que j'ai fait à un frère si chéri. A ce souvenir, je pleure de reconnaissance, d'admiration et de tendresse; je regarde mon Albert comme le meilleur de tous les êtres, je goûte un plaisir inexprimable à reconnaître sa supériorité, et je l'aime avec une si profonde et si exclusive amitié, que je

croirais que mon cœur a payé son sacrifice,
si un tel sacrifice pouvait se payer.

L'aveu que j'avais fait à mon frère de
mon éloignement pour Ernest, ne m'avait
point coûté, mais celui de mon inclination
pour M. Mansfield m'embarrassa beaucoup; je ne savais comment apprendre à
Albert que j'avais donné mon cœur et
presque engagé ma main à l'insu de mes
parents. Cependant je ne lui cachai rien
de ma situation; je lui montrai une lettre
que j'avais reçue de M. Mansfield depuis
la mort de mon père, par laquelle il récla-
mait l'exécution de ma promesse, et j'a-
joutai que j'étais décidée à la remplir aussitôt que mon deuil serait fini.

Albert combattit fortement ma résolution; le noble Albert, que les sollicitations
de mes parents, ni celles de Blanche, ni
celles de son propre cœur ne pouvaient
décider à me presser en faveur d'Ernest,
s'opposa toujours à mon mariage avec
M. Mansfield; son orgueil souffrait d'une
union si désassortie : son orgueil ! oui, le
mot m'est échappé; mais chez lui l'orgueil

n'est pas une faiblesse, et la suite ne m'a
que trop fait voir que c'était la raison même
qui parlait par sa bouche, lorsqu'il me pei-
gnit les funestes inconvénients des mésalliances. « Amélie, me disait-il, si tu ne
peux aimer Ernest, renonce à lui, et je
t'approuverai; mais si tu veux être heureuse, respecte les opinions du pays où tu
vis. Si tu t'y soumets, tu trouveras dans ta
conscience, dans l'estime publique et dans
la tendresse de tes proches, un adoucisse-
ment à tes peines. Si tu les braves, au contraire, et que tu tombes dans l'infortune,
quelles consolations te restera-t-il? Quoique vertueuse, tu te verras méprisée, ta
famille te rejettera de son sein, tes jeunes
compagnes feindront de ne te plus connaître; je verrai le front de mon Amélie
couvert de confusion, chacun l'accabler
d'humiliation, et elle-même enfin obligée
de s'ensevelir dans l'obscurité pour se
soustraire à la honte. » Ces raisons, don-
nées par tout autre que mon frère, m'auraient fait peu d'impression, et j'aurais
mis ma gloire à surmonter ce que j'appe-

lais de vains préjugés, pour rester fidèle à
ma foi et à mon amour; mais ma confiance
dans Albert était telle, que je ne me per-
mettais pas de croire que je pouvais justifier mon opinion quand il en avait une
contraire. Ainsi, sans renoncer à mon
projet, ni rompre avec M. Mansfield, je
lui écrivis que la perte de mon père était
encore trop récente pour qu'il me fût possible de songer au mariage; que d'ailleurs
nos engagements étaient désapprouvés
par mon frère, et que, quoique j'espérasse
bien obtenir un jour son consentement, il
me faudrait du temps pour le faire changer d'avis; qu'ainsi, pendant l'année de
mon deuil, je suspendais non seulement
l'accomplissement de ma promesse, mais
toute correspondance avec lui. « Je connais assez votre délicatesse, ajoutai-je,
pour être sûre que vous ne tenterez pas
d'ébranler cette résolution, telle rigou-
reuse qu'elle vous paraisse; et vous devez
assez compter sur mon cœur pour ne pas
douter que, si dans un an vos sentiments

3...

pour moi sont les mêmes, ma main ne vous soit assurée. »

M. Mansfield ne fit aucune réponse à cette lettre : son silence m'inquiéta ; j'envoyai un homme de confiance dans la ville qu'il habitait pour prendre des informations. J'appris que depuis dix jours (époque où il avait dû recevoir ma lettre), il avait quitté son logement, et que personne ne savait où il était allé.

Cette disparition soudaine me causa une vraie peine ; je tremblais que ma lettre, en le mettant au désespoir, ne fût cause de quelque malheur ; je me reprochais sans cesse de l'avoir écrite, et ce continuel regret, joint à la tyrannie que madame de Woldemar exerçait sur moi, me rendirent ma situation insupportable. Je voulais m'éloigner de ma tante : pour cela il fallait quitter Lunebourg, où elle avait juré de rester tant que je ne consentirais pas à aller avec elle à Woldemar ; je priai donc mon frère de m'emmener avec lui dans une terre qu'il possède en

Bohème, et dont la position sombre et sauvage s'accordait parfaitement avec la mélancolie qui m'oppressait. Il approuva mon desir, et, dès le soir même, déclara notre projet à la baronne. Elle s'y opposa avec une violence qui aurait intimidé tout autre qu'Albert. Pour lui, ferme dans sa résolution, il répondit avec tant de raison, de mesure et de respect, qu'il n'y avait que madame de Woldemar au monde qui pût ne pas lui céder. Mais, accoutumée à régner despotiquement sur tout ce qui l'entourait, elle ne vit dans la résistance de mon frère qu'un insupportable affront; et comme elle n'avait pas le pouvoir de m'arracher de ses mains, elle le quitta, en lui jurant qu'elle allait assembler un conseil de famille qui lui ôterait tous les droits qu'il avait sur moi, et dont elle prétendait qu'il faisait un si mauvais usage.

Ces menaces nous alarmèrent peu ; nous partîmes pour la Bohème. Après nous être arrêtés quelques jours à Prague, nous poursuivîmes notre route jusqu'à la terre d'Albert. Les roches sauvages, les forêts

antiques qui entourent ce séjour, sem-
blaient le séparer du reste du monde. En
y arrivant, je regardai autour de moi, et
je crus être seule dans l'univers avec mon
frère. Eh bien, ce sentiment me fut agréable ; et quand je voudrai peindre la séré-
nité d'une ame tendre et innocente, je me
rappellerai les six mois que j'ai passés tête-
à-tête avec Albert dans cette demeure ;
j'ai connu des sensations plus vives, mais
non d'aussi touchantes. J'adorais mon
frère, le ciel, les arbres ; je pleurais souvent, et il n'est aucun plaisir que je préfé-
rasse à ces larmes ; enfin, dans les diverses
situations de ma vie passée, s'il m'était
permis de choisir celle où je voudrais passer ma vie entière, je n'hésiterais pas à
marquer ce temps.

Cependant je n'avais point oublié
M. Mansfield, et son souvenir vivait toujours dans mon cœur ; mais peut-être aurait-il fini par s'y affaiblir, si l'incertitude
où j'étais sur son sort n'eût sans cesse ramené ma pensée sur lui, en présentant à
mon imagination toutes les différentes rai-

sons d'un si inconcevable silence. Albert
tâchait de me distraire par des études assi-
dues, d'intéressantes promenades, des
conversations instructives; enfin, je l'ai
dit, malgré l'absence de M. Mansfield, je
commençais à être paisible et heureuse,
lorsque nous reçûmes la nouvelle de l'arrivée du baron de Geysa à Dresde, et du
mouvement que se donnait madame de
Woldemar pour assembler ce conseil de
famille dont elle nous avait menacés. Son
influence sur l'esprit de tous nos parents
était si reconnue, que mon frère craignit
qu'elle ne réussît dans ses projets, s'il n'allait s'y opposer lui-même. Il partit, et je
restai seule.

Il m'avait promis de m'écrire en arrivant à Dresde; quinze jours se passèrent
sans nouvelles: je m'en inquiétai peu,
parce que je savais combien les communi-
cations étaient difficiles dans l'inaccessible
retraite où je vivais. Cependant, au bout
de trois semaines, je commençais à être
alarmée du silence d'Albert, lorsqu'un
matin une de mes femmes accourut me

dire, pendant que j'étais encore au lit, qu'un homme, qui venait d'arriver à cheval, demandait à me voir sur-le-champ. Je crus que c'était un courrier d'Albert; je passai une robe, je descendis : cet homme, c'était M. Mansfield!

En le reconnaissant, la surprise et l'émotion m'arrachèrent un cri, et je tombai toute tremblante sur un fauteuil. Il se jeta à mes pieds, et me dit d'une voix étouffée : « Je viens de Dresde; j'ai suivi toutes les démarches de madame de Woldemar: le conseil de famille lui a remis une entière autorité sur vous; elle va venir vous enlever d'ici. En arrivant à Dresde, vous trouverez le comte Ernest qu'on attend tous les jours; on vous unira à lui malgré vous, et je ne survivrai pas à votre perte. Est-ce là ce que vous voulez, Amélie?— Quelles funestes nouvelles m'apportez-vous, lui dis-je, et qu'êtes-vous devenu depuis si long-temps ?— Quand je reçus la cruelle lettre que vous m'écrivîtes de Lunebourg, je m'éloignai d'un lieu où vous m'aviez accablé d'une pareille dou-

leur, sans avoir le courage de vous répondre. Qu'aurais-je pu vous exprimer ? que
des plaintes sur votre manque de foi. J'en
avais le droit, peut-être, mais je ne voulais pas en user. Je vins à Dresde ; le chagrin me fit tomber malade ; je l'ai été long-
temps, vous pouvez vous en apercevoir
(en effet il était maigri et pâle). Je
n'étais pas rétabli encore, lorsque j'entendis parler des desseins de madame de Woldemar. Quand j'ai su qu'ils étaient au moment de s'effectuer, j'ai surmonté ma faiblesse, et je suis venu jour et nuit pour
vous instruire de ce qui se passe. — Que
dois-je faire ? interrompis-je avec inquiétude. — Amélie, reprit-il, dans trois jours
il ne sera peut-être plus temps de réfléchir ;
votre tante sera ici, et vous emmènera à
Woldemar sans que votre frère puisse
vous défendre. Bientôt Ernest viendra vous
y joindre ; toute votre famille vous entou-
rera, vous pressera ; on obtiendra peut-
être des ordres supérieurs auxquels vous
ne pourrez résister, et, forcée à subir le
joug......— Non, non, m'écriai-je, je ne

me laisserai pas réduire à cette extrémité;
il n'est rien que je ne fasse pour l'éviter.—
Il est un moyen, répliqua-t-il vivement,
un moyen sûr de vous soustraire à une autorité tyrannique, et en même temps de
remplir vos serments et d'assurer le bonheur de ma vie. O mon Amélie! consentez
à m'accompagner aujourd'hui à Prague;
venez engager votre foi à celui qui vous
a consacré toute son existence. — Que
me proposez-vous, M. Mansfield? quitter cette maison, m'unir à vous sans
l'aveu de mon frère! — Votre frère,
Amélie, n'a d'autres droits sur vous que
ceux que vous consentez à lui donner;
d'ailleurs, si vous lui êtes vraiment chère,
n'applaudira-t-il pas à un parti qui vous
préserve du plus grand des malheurs.—
J'ai promis à Albert de ne prendre aucun
engagement avant d'avoir revu mon cousin. — Et pourquoi l'avez-vous promis,
Amélie? Serait-il donc possible que vous
voulussiez me sacrifier à lui? Attendez-
vous, pour me rejeter, de savoir si le
comte Ernest vous paraîtra moins odieux

qu'autrefois ? Se pourrait-il , grand Dieu !
qu'une pareille pensée fût entrée dans un
cœur aussi pur? Ce n'est donc pas l'amour
qui décidera de votre choix ? O Amélie !
pourquoi m'avez-vous abusé? Qu'est devenue la tendresse, l'honneur, la générosité ?
— Mais , M. Mansfield , répliquai-je ,
émue par ses reproches , que dira le monde
d'une démarche aussi téméraire, d'un hymen conclu à mon âge , malgré ma famille ?.... Ma famille me maudira.....— Le
monde, interrompit-il vivement, ne verra
point sans admiration une jeune fille qui
fut un modèle de piété filiale , braver la
tyrannie de parents éloignés et injustes ; il
applaudira avec transport à la grandeur
d'ame qui vous fera sacrifier le nom illustre
d'un homme que vous n'estimez pas, pour
prendre celui d'un homme dans lequel
vous avez reconnu quelques vertus ; et
quant à votre famille , s'il était possible
que, par un méprisable orgueil, elle désa-
vouât le sang qui vous unit , parce que
vous auriez plus écouté le mouvement de
votre cœur que les préjugés du rang , alors

l'heureux Mansfield deviendra l'univers
de la tendre Amélie ; alors , plus riches
de notre bonheur et de notre amour , que
vos parents de leurs dignités et de leur
fortune , nous fuirons leurs persécutions
en Suisse ; nous nous réfugierons auprès
de mon oncle Grandson ; il adoptera pour
sa fille l'épouse d'un neveu qu'il a toujours
aimé comme son fils; et , sous les auspices
de cet excellent homme , nous nous aime-
rons en paix , n'envisageant d'autre terme
à notre félicité que celui de notre amour ,
et à notre amour que celui de notre vie. »

Que vous dirai-je , mon oncle ? cette arrivée de madame de Woldemar que votre
neveu affirmait, quoiqu'il fût bien éloigné
d'en avoir la certitude; cet horrible mariage qu'il me montrait comme inévitable,
la terreur dont il me remplissait , la force
avec laquelle il me rappelait une promesse qui nous liait l'un à l'autre , son serment de ne pas survivre à un refus, la passion qui l'animait, l'espoir qu'il avait et que
je partageais du pardon de mon frère ,
enfin mon propre penchant qui me parlait

en sa faveur, tout se réunit pour précipiter ma résolution ; et à dix-sept ans, sans expérience, sans conseil, sans protecteur, sans prendre un seul jour pour réfléchir, au milieu du trouble, de l'effroi et de la séduction, je décidai en un moment du sort de ma vie entière.

Le jour même je partis pour Prague ; le lendemain au soir nous étions unis. Je l'écrivis aussitôt à mon frère, en lui développant les motifs qui m'avaient poussée à cette démarche : il demeura long-temps à me répondre, et son silence commençait à me livrer au désespoir, lorsque je reçus enfin la lettre suivante :

ALBERT A AMÉLIE.

« Imprudente, qu'as-tu fait? Tu t'es engagée sans mon aveu; tu as pu croire que, tandis que j'existe, il y aurait une puissance au monde qui pourrait t'arracher à ton frère? Je ne doute pas qu'en te parlant de la décision du conseil de famille, M. Mansfield n'ait été lui-même dans l'erreur. Il est des torts dont je ne

supposerai jamais coupable celui qui est
maintenant l'époux d'Amélie ; mais vous
vous êtes trompés tous deux : loin que les
efforts de madame de Woldemar l'eussent
emporté sur mon zèle, le conseil de famille, après m'avoir honoré des témoignages d'estime les plus flatteurs, venait de
confirmer mes droits sur ma sœur, lorsque ta lettre m'est parvenue......Tu dois
croire qu'en apprenant cette nouvelle, ta
famille a été furieuse, et qu'un orage terrible va éclater contre toi. Je reste ici pour
le conjurer et te défendre ; tu connais nos
lois (1) ; madame de Woldemar les fera
toutes valoir, et, par son crédit, ajoutera
même, si elle le peut, à leur rigueur.
Reste dans ma terre avec ton époux ; c'est
une retraite sûre où vous serez tous deux
à l'abri du mal qu'on voudra vous faire.

» Quand je ne te serai plus utile ici,

---

(1) La noblesse de Saxe ne souffre pas les mésalliances ; quelquefois elle ne se contente pas de les punir par
le mépris et le retranchement du corps ; il est des fa-
milles qui ont poursuivi ces sortes de coupables jusqu'à
la mort.   (Art. Saxe, *Hist. univ.*, tom. VII.)

Amélie, j'irai te joindre et tâcher, par mon amitié, de te rendre cette paix, dont je crains bien que tu ne te sois privée pour toujours. »

Malgré la douceur de cette lettre, je démêlai facilement que le mécontentement de mon frère était bien plus grand qu'il ne l'exprimait; mais j'espérais que les vertus de M. Mansfield le réconcilieraient avec mon mariage; et, sans me permettre un regret sur le passé, ni un soupçon sur la franchise de mon époux, je revins avec celui-ci dans la terre d'Albert; et pendant six mois que nous y passâmes tête-à-tête, son amour paraissait si tendre, et j'étais si occupée de son bonheur, que, malgré la sauvage solitude de ce séjour, les heures s'écoulaient rapidement : je me trouvais heureuse, et me croyais destinée à l'être toujours.

Pendant cet intervalle, les lettres d'Albert étaient fréquentes, mais courtes; il me parlait toujours de son amitié, et point de ses démêlés avec mes proches. Quand je le pressais de s'expliquer là-dessus, il me

répondait seulement que je devais être
tranquille. Hélas! tandis que, par mon
hymen, je venais de blesser la fierté et
de détruire le bonheur de cet excellent
frère, dévoué à mes seuls intérêts, il me
défendait avec une telle chaleur, qu'il se
brouilla sans retour avec madame de
Woldemar, et que tous nos parents eussent suivi cet exemple, sans le respect et
l'amour que commandait son généreux
caractère. Madame de Woldemar voulait
me traduire devant les tribunaux, pour
faire casser mon mariage : Albert, par sa
fermeté, me sauva de cet affront, et, à sa
prière, Blanche usa de l'ascendant qu'elle
a sur son père, pour l'empêcher de se li-
guer contre moi avec tous nos parents,
que madame de Woldemar avait réussi à
mettre de son parti.

Cependant, M. Mansfield commença
bientôt à s'ennuyer de la profonde retraite
où nous vivions ; il avait passé toute sa vie
dans le tumulte du monde, et il ne pouvait s'en passer. Vers le milieu de l'hiver,
il me proposa de venir quelque temps à

Prague avec lui. Je cédai à ses desirs, et je m'en repentis bientôt : la noblesse de cette ville, aussi vaine que celle de Saxe, avait vu mon mariage du même œil ; les maisons qui m'avaient accueillie avec le plus d'empressement lorsque j'étais venue en Bohème l'année d'avant, me repoussèrent maintenant avec un dédain si insultant, que je n'osai plus me montrer, et que je conjurai M. Mansfield de me ramener dans la solitude que je n'avais quittée que par complaisance pour lui. Il était loin de trouver à Prague les mêmes désagréments que moi; car cette noblesse si fière, qui se croyait le droit de m'accabler de mépris parce que j'étais sortie de son rang, ne voyant dans mon époux qu'un poète distingué, le recherchait avec une sorte d'engouement, et lui prodiguait les éloges les plus flatteurs. Hélas! mon oncle, combien dans ce temps j'ai connu de femmes qui ne daignaient pas me regarder, parce que j'avais fait mon époux de celui dont elles s'efforçaient chaque jour de faire leur amant.

Cependant, malgré tous les charmes
dont on l'entourait, M. Mansfield n'hésita
point à partir avec moi. Peu de temps
après, je donnai le jour à Eugène. Ce
nouveau lien causa des transports de joie
à mon époux; et pendant quelque temps
il aima son enfant à un tel excès, qu'il ne
pouvait le quitter ni jour ni nuit; mais
il se fatigua bientôt de ses soins. Troublé
dans son sommeil et dans ses compositions
par les cris de son fils, ennuyé de m'en
voir toujours occupée, il me montra le
desir d'aller passer quelques jours à Prague; je ne m'opposai point à ce qu'il le
satisfît : son bonheur m'était si cher, que
je ne songeai pas même à me plaindre de
ce qu'il l'allait chercher loin de moi.

Le retour de M. Mansfield fut très
prompt; mais quinze jours après il me
quitta encore, et peu à peu ses voyages
devinrent si fréquents, que j'étais presque
toujours seule: me reposant sur sa foi avec
la confiance de la première jeunesse, je
souffrais de sa froideur sans y croire, et
l'idée qu'on pouvait cesser d'aimer m'était

si étrangère, que de toutes celles qui me vinrent dans l'esprit pour expliquer la conduite de mon époux, ce fut la dernière qui se présenta; mais si elle fut lente à entrer dans mon cœur, elle y jeta de si profondes racines, qu'elle n'en sortit plus. Il avait fallu l'évidence pour m'y faire croire : une lettre, perdue par négligence, surprise par hasard, m'avait révélé mon malheur. A l'instant où je reçus cette funeste lumière, je dis un éternel adieu au bonheur, trop sûre qu'il est à jamais perdu pour celle qui a appris que c'est un bien qu'on peut perdre.

Je dévorai ma peine en silence; je ne me permis aucun reproche; je ne cherchai point à reconquérir un cœur dont le retour ne pouvait plus me rendre heureuse; je ne desirai même pas redevenir l'objet d'une préférence qui, toujours mêlée de crainte, ne pouvait plus donner de bonheur : séparée de mon frère, haïe de ma famille, abandonnée de mon époux, je dépérissais de jour en jour. Loin de trouver une consolation près du berceau

de mon fils, sa vue envenimait ma bles-
sure ; le souvenir de l'avoir aimé avec
M. Mansfield augmentait le tourment de
l'aimer seule ; et ses caresses, ses sourires,
qui me remplissaient jadis d'une si douce
joie, maintenant me déchiraient l'ame. O
Mansfield ! volage Mansfield ! tandis que
tes talents te rendaient l'idole de toutes les
femmes, qu'enivré de leurs éloges, emporté par le tourbillon des plaisirs, tu oubliais que tu avais juré de n'aimer que
moi, isolée dans ma retraite, je pleurais
en secret, en demandant au ciel la fin
d'une vie dont ton inconstance m'avait
fait un supplice.

Depuis six mois votre neveu ne m'écri-
vait même plus, lorsque je reçus une lettre d'une main inconnue, qui m'apprenait que M. Mansfield s'était battu avec
un officier russe pour une cantatrice dont
ils étaient amoureux l'un et l'autre; que
mon mari avait été dangereusement blessé, et qu'il demandait à me voir avant de
mourir. Je partis sur-le-champ, je voya-
geai toute la nuit, et le lendemain au

soir, quand j'arrivai à Prague, il n'existait plus.

En apprenant cette nouvelle, je perdis connaissance : je nourrissais encore ; le lait passa dans le sang, et la fièvre se déclara. Aussitôt que mon frère fut instruit de cet événement, il accourut près de moi : ses soins et ma jeunesse triomphèrent bientôt de mon mal. Aussitôt que je pus supporter la voiture, il m'emmena à Dresde, où je pouvais demeurer sans crainte depuis que la mort de M. Mansfield, sans avoir adouci la haine que me portait madame de Woldemar, avait détruit l'objet de ses persécutions.

Depuis trois ans, mon oncle, je vis à Dresde dans la plus profonde obscurité, rebutée par mes parents, n'ayant pu voir Blanche qu'une seule fois, aimée du seul Albert, et pleurant encore un époux dont les brillantes qualités avaient peut-être plus séduit que touché mon cœur.

Flétrie par la douleur, éclairée par l'expérience, détrompée de l'amour, je ne desire plus que la solitude, la paix et l'amitié. Vous m'ouvrez vos bras, mon oncle, je m'y jette avec transport ; sauvezmoi d'un monde qui, loin d'être touché de mes peines, se plaît à répéter que je les ai méritées: j'ai l'aveu d'Albert, je m'éloignerai de lui, et le ciel sait ce qu'il m'en coûte ; mais mon absence lui rendra peut-être le bien que je lui ai ravi. La protection qu'il m'accorde est un tort que notre famille ne peut lui pardonner, et je me flatte que quand le baron et la baronne de Geysa ne verront plus auprès d'eux l'infortunée dont le mariage les a si vivement offensés ; quand ils commenceront à m'oublier, et qu'indignes d'apprécier le cœur de mon frère, ils croiront qu'il m'a oubliée comme eux, alors ils céderont peut-être aux prières de Blanche; et, en lui donnant le titre de comtesse de Lunebourg, sans doute elle portera un assez beau nom pour qu'ils ne croyent point devoir se repentir d'avoir préféré le bonheur de leur fille unique au nom plus illustre que l'hymen d'Ernest lui donnerait. Oui, je suis décidée à m'éloigner d'Albert, et,

dussé-je ne le revoir jamais, puisque son
intérêt demande ce sacrifice, je ne dois
pas hésiter à le faire. Ah! quand je lui
donnerais ma vie, je serais encore rede-
vable envers lui. Ne m'a-t-il pas sacrifié
son amour? Je m'éloignerai de Blanche,
dont la constante amitié ne s'est point dé-
mentie pendant mes adversités, et qui,
pour devenir l'heureuse épouse d'Albert,
aura sans doute le courage de rejeter l'o-
dieuse main d'Ernest, d'Ernest, la cause
de toutes mes infortunes, l'objet de mon
aversion, qui, par l'effroi d'être à lui, m'a
précipitée malgré moi entre les bras d'un
autre, et est parvenu ainsi à accomplir
l'arrêt qui, dès le berceau, l'avait rendu
maître de ma destinée.

LETTRE V.

M. GRANDSON A AMÉLIE.

Bellinzoum, 22 mai.

Je vous avais écrit, ma chère nièce,

que j'étais disposé à vous aimer, et que je
voulais vous faire du bien; mais depuis
que j'ai lu le récit que vous m'avez adressé, tout mon cœur vous est dévoué, et je
ne respire plus qu'après votre arrivée. Venez, hâtez-vous, ma chère nièce, quittez
une famille ingrate, oubliez un pays où
vous fûtes si malheureuse, n'emportez
d'autre souvenir que celui de votre frère.
Voilà un digne homme! Nous en parlerons
souvent, vous reviendrez tant qu'il vous
plaira sur ce sujet, je vous écouterai toujours avec plaisir: c'est une chose si belle
et si rare que la bonté, qu'on ne doit jamais se lasser de s'en entretenir.

Ce Mausfield était un étourdi, un mauvais sujet, indigne du bien que vous lui
aviez accordé, et qui ne mérite pas que
vous pleuriez encore sa perte. A votre
âge, ma chère Amélie, on peut tout espérer de l'avenir: le temps efface bien
des peines qu'on croyait éternelles, et
vous serez encore jeune, que vous aurez
oublié les vôtres; le ciel est juste, et il
vous donnera enfin le bonheur que vous

méritez à tant de titres. Que savons-nous ?
il vous attend peut-être dans nos montagnes. Si je puis vous le procurer, ma chère
nièce, il ne me restera plus de desirs à
former; et, en vous voyant heureuse, le
soir de ma vie me semblera préférable aux
bruyants plaisirs de ma jeunesse.

J'ai instruit tous mes amis, tous mes
gens, que la maîtresse de ma maison allait arriver; cette nouvelle a causé une
allégresse générale, et ce sera un jour de
fête que celui où vous entrerez chez moi:
il le sera surtout pour le cœur de votre
pauvre oncle, qui palpite de joie à l'idée
de vous voir, et qui vous attend avec la
tendre impatience d'un père.

LETTRE VI.

AMÉLIE A ALBERT.

Dresde, 14 juin, minuit.

Mon Albert, en vain j'ai voulu t'obéir
et tâcher de calmer ma peine : depuis

deux heures que tu es parti, je n'ai pu que
pleurer. O mon frère! mon seul ami! mon
unique appui! à la veille d'une si longue
séparation, puis-je espérer ni repos, ni
sommeil? Quand j'entends encore l'expression de ton amitié, que je vois la place
où tu étais assis, et sur cette table où j'é-
cris, la trace récente de tes larmes; quand
je songe que je t'ai quitté; que demain,
qu'après demain, que les jours suivants je
ne te verrai point, et que ce sacrifice,
c'est moi qui me le suis imposé, mon esprit se trouble, mon cœur se déchire, et
je me demande comment est - il possible
que j'aie pu vouloir m'accabler moi-même
d'une pareille douleur? Cher Albert! ah!
laisse-moi croire, laisse-moi me persuader
que mon absence te sera utile, et qu'enfin
il m'est aussi permis de faire quelque
chose pour ton bonheur. Je sais bien que
mon intérêt seul devrait m'engager à vivre
loin de Dresde; mais ce n'est qu'en pensant au lien que je pourrai avoir la force
de partir. Depuis deux heures, j'ai été
tentée vingt fois de contremander les che-

vaux, d'écrire à mon oncle de ne plus
m'attendre, et, aux premiers rayons du
jour, d'aller me jeter dans tes bras pour
ne te quitter de ma vie. J'avais beau me
représenter les insultes de ma famille,
l'humiliation où je vis, le danger d'élever
mon fils dans un pays où on lui apprendra
à mépriser le nom de son père, et peut-
être la mère qui le lui a donné : toutes ces
peines s'effaçaient devant celle de ne plus
te voir. Si j'ai persisté, si je persiste encore dans ma résolution, c'est pour ne pas
être plus long-temps un sujet de discorde
entre toi et ma famille, et un obstacle à
ton bonheur. En vain ton amitié se refuse
à croire, et cherche à me persuader que
ma présence ne te nuit pas, ne sais-je pas
que plus d'une fois ton cœur, fier et généreux, a repoussé si vivement les traits
dont on m'accablait, que c'est là le motif qui t'a interdit la maison de madame
de Woldemar, et que le baron de Geysa
eût suivi son exemple, si l'ascendant et la
tendresse de Blanche n'eussent empêché
une rupture qui m'eût dévouée à des re-

4.

mords éternels? Mon frère, je ne t'ai déjà
que trop coûté! N'est-ce pas moi qui, par
mon imprudence, t'ai exposé à perdre la
femme que ton cœur a choisie? Pour me
punir, je me condamne à ne plus te voir:
je sais bien que je ne répare pas ma faute
par ce sacrifice; mais si tu en connais un
plus grand, nomme-le : je suis prête à le
faire... O mon Albert! lorsqu'après m'a-
voir embrassée ce soir, tu t'es arraché de
mes bras, que tu t'es éloigné, que j'ai
cessé de t'entendre, que je me suis vue
seule au monde, que j'ai senti qu'en renonçant à toi, je perdais l'unique bien qui
m'attache à la terre, je t'assure qu'en te
donnant ma vie, j'aurais moins fait qu'en
te disant adieu.

Déjà le jour commence à paraître; j'entends du bruit dans la maison, le départ
s'apprête, il faut subir sa destinée, il faut
partir. O mon frère! toi, dont les traits et
les vertus m'offraient sans cesse la vivante
image du père le plus chéri, je te reverrai
sans doute dans ces montagnes où je me
retire; tu viendras retrouver ta première

amie, et lui ramener de beaux jours.
Mais quand je m'éloigne de ma terre natale, avant de l'abandonner pour toujours,
n'irai-je pas revoir la tombe de mon père,
et lui dire un dernier adieu? Parce que sa
cendre repose à Woldemar, ne pourrai-
je l'arroser encore une fois de mes larmes?
Ma tante, il est vrai, m'a défendu l'entrée
de sa maison, et m'en ferait chasser hon-
teusement si elle m'y surprenait; mais la
piété filiale m'élève au-dessus de cette
crainte, et j'ose croire que mon frère ne
blâmera pas mon courage.

LETTRE VII.

AMÉLIE A ALBERT.

15 juin, au soir.

J'ai exécuté heureusement mon dessein, Albert; sans doute l'ange de mon
père me protégeait dans cette difficile entreprise. A une demi-lieue de Woldemar,
j'ai fait arrêter ma voiture, j'ai laissé mon

fils entre les mains de sa bonne, et vers le
soir j'ai pris le chemin de ce château que
je quittai il y a six ans avec ma tante, de
ce château où j'étais reçue comme sa
fille, et que j'avais été destinée à posséder un jour. Maintenant, pour y rentrer,
il a fallu attendre la nuit, me déguiser,
et ne me montrer qu'au vieux régisseur.
Hélas ! ce pauvre Guillaume, quand il
m'a reconnue, il a poussé un cri de surprise et de joie; il aurait voulu appeler
tout le village pour célébrer mon arrivée, et en même temps il regardait autour de lui avec effroi, comme craignant
que le moindre bruit ne décelât à ma
tante que j'étais si près d'elle. Ce n'est
qu'avec peine qu'il a consenti à m'ouvrir
le caveau funèbre qui renferme la cendre de nos ancêtres; il tremblait d'enfreindre les ordres rigoureux que madame
de Woldemar a donnés contre moi; mais
il n'a pas pu résister à mes prières, et
surtout à l'idée qu'il me parlait pour la
dernière fois. En me conduisant il pleurait. « Hélas ! me disait-il, ce n'est pas

ainsi que nous avions coutume de vous recevoir jadis quand vous veniez parmi nous: tout le village était en fête; on illuminait le château, madame la baronne ne se possédait pas de joie; au lieu qu'à présent, si elle vous savait ici, Dieu sait!.... » Il s'est interrompu, en levant les mains au ciel. Je n'ai que trop compris ce qu'il voulait dire, et j'ai marché plus doucement, en jetant les yeux de tous côtés avec une sorte de terreur. Bientôt nous sommes arrivés à la chapelle du château. Après avoir descendu les marches qui conduisent au lieu funèbre où mon cœur m'appelait, Guillaume m'a ouvert la porte, je suis entrée..... O mon Albert! à l'aspect de tous ces tombeaux, de celui de mon grand-père surtout, élevé au-dessus des autres comme pour dominer encore; j'ai été frappée plus vivement que jamais du néant, de la naissance et des grandeurs: c'est ici que ce mortel, si fier de ses ancêtres, a été forcé d'abandonner ses prétentions hautaines; mais le mal qu'il a fait lui survit; et tandis qu'il dort en paix, les ordres de son orgueil jettent la discorde dans sa famille et le trouble dans ma vie. Ce n'est pas ainsi, ô mon excellent père! que vous avez marqué votre passage sur cette terre; et là, où vous n'exerçâtes que des vertus douces et bienfaisantes, vous n'avez dû laisser que des souvenirs de reconnaissance et d'amour. Ah! si la vue de votre fille en pleurs n'empoisonne pas la félicité dont un Dieu juste a dû récompenser votre vie, contemplez-la prosternée sur la pierre qui vous couvre, l'entourant de ses bras, la baignant de ses larmes, vous demander des vertus pour son fils, du bonheur pour Albert, de la tranquillité pour elle, et bientôt, bientôt une place auprès de vous.

Il était si tard quand je suis sortie du château, que Guillaume n'a pas voulu me laisser aller seule; il m'a fait sortir par une des portes du parc qui conduit directement au village où j'avais laissé mon fils. La lune éclairait tous les objets: j'ai aperçu le bosquet que ma tante nommait autrefois le bosquet d'Amélie. Tu sais

qu'elle y avait fait planter un tilleul le
jour de ma naissance: les petits lilas dont
je l'avais entouré moi-même, il y a six
ans, étaient maintenant hauts, épais et
couverts de fleurs. « Comment ma tante
a-t-elle laissé subsister ce bosquet, ai-je
demandé ? — Madame la baronne avait
bien donné l'ordre qu'on l'arrachât; mais
comme elle ne vient jamais se promener
de ce côté, nous avons cru pouvoir le
conserver..... D'ailleurs, lequel d'entre
nous aurait eu le courage d'y porter le
premier coup? nous, que vous combliez
de vos bienfaits, que nous avons vue au
berceau, que nous chérissons...... Pour
abattre le bosquet d'Amélie, il aurait
fallu faire venir des ouvriers de bien loin:
on n'en n'aurait pas trouvé à Woldemar. » J'ai serré la main de ce bon serviteur en pleurant, et puis je me suis approchée pour prendre une branche de lilas. « C'est la dernière que je cueillerai à
mon bosquet, Guillaume. » Le pauvre
homme sanglottait. « Hélas ! je me flat-
tais de mourir près de vous, m'a-t-il dit :

voyez-vous là-bas ces deux marroniers ?
quand vous ne marchiez pas encore, je
vous y portais dans mes bras avec le petit
Ernest. Chers enfants, disais-je, je vous
soutiens à présent que vous êtes petits;
mais, quand je serai vieux, vous me pro-
tégerez tous deux : si depuis le comte Ernest n'a pas été tel que nous l'aurions desiré, nous pensions à vous, et nous étions
consolés. — Mon cher Guillaume, ma
tante est généreuse; son fils lui ressem-
blera. — Ah! je crois bien, a-t-il interrompu, qu'ainsi que sa mère, M. le comte
ne nous laissera manquer de rien; mais
vous, vous nous aimiez. — Guillaume, me
suis-je écriée, ne me montrez pas tant
d'affection, vous me donneriez trop de
regrets. » Il s'est tû, et nous avons marché en silence. En sortant du parc, il a
fallu passer devant l'église de la paroisse.
Guillaume s'est encore arrêté. « Voilà où
vous deviez être mariée : quelle fête! quel
jour! Au lieu de la joie que j'attendais,
j'ai vu ôter du banc de la famille le siége
que vous aviez coutume d'occuper; j'ai

vu brûler votre beau portrait qui ornait si bien la grande salle basse; enfin on a effacé votre nom du grand arbre généalogique de la famille, tant madame la baronne est empressée d'éloigner d'elle tout ce qui peut lui rappeler votre existence. — Hélas! je souhaite que mon exil la satisfasse; car, malgré sa haine, je l'aime toujours. Mon cher Guillaume, ai-je ajouté en tombant à genoux devant l'église, si un jour elle vous parle de moi, dites-lui que je n'ai jamais cessé de la respecter, que vous m'avez vue ici faisant des vœux pour elle, et demandant au ciel que son fils la dédommage de tout le mal que je lui ai fait. » Il m'a relevée, tout ému, en disant qu'il aurait souhaité que ma tante m'eût entendue; car alors elle n'aurait pas pu s'empêcher de me pardonner. « Ah, Guillaume! vous la connaissez mal; je crains bien qu'elle n'emporte sa haine au tombeau. — S'il est ainsi, a repris le bon homme, que Dieu puisse avoir pour elle plus de miséricorde qu'elle n'en aura eu pour vous. » J'ai joint mes prières aux

siennes, et nous avons poursuivi notre
chemin. Il était plus de minuit quand nous
sommes arrivés à mon auberge : Guillaume y a passé la nuit ; et ce matin,
comme je me préparais à partir, il est
venu prendre congé de moi, et je suis
montée dans ma chaise. Après une heure
de marche, nous sommes parvenus à une
hauteur d'où l'on découvre toute la ville
de Dresde ; sans doute je la voyais pour
la dernière fois. J'ai mis pied à terre pour
la mieux voir ; elle me sera toujours bien
chère : n'est-ce pas là où j'ai commencé
à t'aimer ? n'est-ce pas là où je te laisse ?
Hélas ! tandis que, plongée dans les plus
tristes réflexions, je parcourais en fré-
missant l'espace qui me sépare déjà de
toi, et que je disais un éternel adieu à ma
patrie, le soleil brillait du plus pur éclat,
les oiseaux chantaient au-dessus de ma
tête, mon fils jouait à mes côtés, et tout
autour de moi semblait ignorer qu'il y
eût des êtres destinés à pleurer toute leur
vie.

LETTRE VIII.

AMÉLIE A ALBERT.

Péterswald , 18 juin.

J'ai passé aujourd'hui les affreux précipices qui séparent la Saxe de la Bohème,
et demain mes yeux ne verront plus ma
terre natale; mais ce n'est pas elle que je
regrette: partout où je serais avec toi je
me croirais dans ma patrie; je serai étrangère partout où tu ne seras pas. Cher Albert, pardonne à la faiblesse d'un cœur
si triste de tout ce qu'il laisse, de tout ce
qu'il perd. Hélas! en te quittant, quel
ami me consolera? quelle main essuiera
mes larmes? quelle autre voix que la
tienne saura pénétrer dans mon cœur
pour y adoucir le cruel remords d'avoir
détruit le bonheur de ta vie?.... Je pensais à tout cela ce soir, en côtoyant le
bord de l'Elbe; le chemin était si étroit,
que je ne voyais pas un pouce de terrain

entre les roues de la voiture et le préci-
pice : ah ! si je n'avais pas tenu mon fils
entre mes bras, c'eût été trop encore....
Mais, pardonne, je ne veux point t'affliger
par mes tristes pensées, et je te promets
de faire tous mes efforts pour les écarter ;
mais promets-moi aussi, mon ami, de ne
plus essayer de me réconcilier avec mon
sort. Si j'ai supporté l'inconstance et la
mort de mon époux, et que mon courage
m'abandonne devant l'idée d'avoir troublé ta vie, c'est qu'il est possible de se ré-
signer au mal qu'on souffre, mais jamais
à celui qu'on cause ; et jusqu'à ce que je
t'aie vu heureux, n'espère pas me voir
goûter un moment de joie.

Dis à cette charmante Blanche, de qui
dépend notre sort à tous deux, combien
il m'en a coûté pour partir de Dresde
sans lui avoir dit adieu. Quoique bien
sûre qu'on ne peut rien ajouter à l'attachement qu'elle a pour toi, j'aurais voulu
lui recommander encore une fois ton bonheur ; j'aurais voulu lui répéter qu'en résistant à sa famille pour se conserver à

toi, elle ne perdait que sa fortune, et non l'estime de ses parents et de ses amis: car quel choix plus honorable pourraient-ils faire pour elle? Mais, hélas! ma conduite passée me permet-elle de prétendre guider personne? Je le sens, tels sages que puissent être mes conseils, Blanche doit avoir la prudence de s'en défier. Hélas! celle qui les donne a été si imprudente et si faible, qu'elle a perdu le droit d'éclairer ses amis, et que la raison même, en passant par sa bouche, doit être sans autorité.

LETTRE IX.

AMÉLIE A ALBERT.

Du château de Simmeren, 1er. juillet.

La date de ma lettre t'étonnera, sans doute. La sauvage Amélie, l'obscure madame Mausfield chez la comtesse de Simmeren! Par quel hasard? ou plutôt par quel prodige? Un événement bien simple

a causé cette rencontre. Hier, m'étant arrêtée à Kempten pour coucher, et n'ayant
point trouvé de lait pour mon fils dans
l'auberge où j'étais, j'en ai envoyé chercher dans la ferme la plus voisine qui dépend de la terre de Simmeren. La comtesse, qui se promène souvent dans son
domaine, et qui ne dédaigne pas de visiter ses fermiers, était en ce moment dans
la maison où mon commissionnaire se présentait. Un mouvement de curiosité lui
ayant fait demander quels étaient les voyageurs qui desiraient du lait, au nom de
madame Mansfield, elle a témoigné une
grande surprise, et, toute parente qu'elle
est de la fière baronne de Woldemar, elle
s'est hâtée de venir dans mon auberge ré-
clamer le droit de me donner l'hospitalité
en faveur des liens qui unissent nos fa-
milles. Accoutumée à me voir rejetée par
tous mes parents, j'ai été d'autant plus
sensible à l'accueil de madame de Simmeren, qu'elle ne connaissait de moi que
mon mariage, et que ce mariage lui avait
été appris par madame de Woldemar. Ce-

pendant sa réputation m'ayant fait réfléchir qu'il pouvait y avoir plus de desir de
s'amuser que d'intérêt dans son invitation,
j'hésitais à l'accepter lorsqu'elle m'a dit
en souriant: « Prenez garde à ce que vous
allez faire: dans votre situation, un refus
marquerait trop d'orgueil, et vous ne devez pas livrer votre ame à un vice qui vous
a fait tant de mal. Allons, allons, ma jolie
cousine, suivez une parente dont la vieille
expérience lui a trop bien fait connaître le
monde et ses erreurs pour ne pas pardonner aux douces faiblesses d'amour, et excuser les femmes que leur cœur égare.
Vous aimâtes, et on vous séduisit? vous
fûtes trompée, et vous vous repentez;
tout cela est dans l'ordre, et nous sommes
du même sang: que votre famille vous re-
nie si elle veut, moi je vous adopte. » Le
ton moitié plaisant, moitié sérieux dont
tout cela fut dit, me laissait encore dans
l'indécision, lorsque la comtesse, me prenant par le bras d'un air de bonhomie,
ajouta: « Puisqu'il est décidé que vous
viendrez avec moi, ayez l'air, du moins,

de faire les choses de bonne grâce, et pré-
parez vous à me raconter tout ce qui vous
est arrivé. A mon âge, on ne vit plus que
de souvenirs; et après le plaisir de parler
de ses aventures, il n'y en a point de plus
grand que d'écouter celles des autres.

Je n'ai pas résisté plus long-temps: malgré l'air un peu moqueur de madame de
Simmeren, il y a dans son accent et ses
manières quelque chose de si engageant
et de si tendre, qu'il faut toujours finir par
faire ce qu'elle veut. Pendant la soirée,
elle a beaucoup caressé mon fils. « Il n'a
rien de roturier dans les traits, m'a-t-elle
dit, et je crois qu'il n'aura rien que de noble dans l'ame: alors, que lui manquera-
t-il pour être l'égal de ses ancêtres? quelques lettres diversement arrangées. Assurément ma cousine de Woldemar est une
femme de beaucoup d'esprit; mais elle
n'a pas le sens commun; elle vous rejette,
et m'a toujours accueillie: quelle injustice! Ah! si vous connaissiez les aventures de ma jeunesse, vous verriez le cas
qu'on doit faire de l'opinion du monde et

du jugement des hommes ! Un jour je me
réserve le plaisir de vous les apprendre. »

Pour peu que je l'eusse pressée, ce jour
eût été à l'instant même; mais j'avais besoin de repos, et madame de Simmeren,
qui s'en est aperçue, ne m'a pas permis
de me retirer dans mon apartement qu'a-
près avoir obtenu ma parole de prolonger,
d'une semaine entière , mon séjour chez
elle.

LETTRE X.

AMÉLIE A ALBERT.

Du château de Simmeren, 8 juillet.

Madame de Simmeren n'a pas pu remettre plus long-temps le plaisir de me
parler d'elle; et hier au soir, quand mon
fils a été couché, elle a commencé le récit
de son histoire, qui a duré une partie de
la nuit, et qui m'a singulièrement intéressée, quoique sans doute l'héroïne soit
très loin d'être exempte de blâme. Tu te

I.   5

rappelles bien avoir entendu dire à mon père que madame de Simmeren avait été mariée à un des plus riches seigneurs de Souabe; mais nous ignorions que ce fût malgré elle, et par le despotisme de mon grand-père, son oncle maternel. « J'ai dû tous mes chagrins à son orgueil, m'a-t-elle dit; et cette ressemblance, entre votre sort et le mien, m'a donné de tout temps une forte prédilection pour vous. » En l'écoutant, Albert, je pensais à l'effrayante puissance de cette vanité qui a su faire le malheur de madame de Simmeren et le mien, malgré l'espace de trente années qui sépare nos deux naissances. La comtesse a continué ainsi : « J'aimais avant mon mariage, ma chère Amélie ; je cédai, par timidité, aux ordres qu'on me donna; mais mon cœur s'embarrassa peu de mes nouveaux serments, et, fidèle aux premiers, il continua d'aimer l'objet qui l'avait charmé. Durant une longue absence de mon époux, je devins mère : dans mon désespoir, je n'envisageais d'autre ressource que d'attenter à ma vie, et j'aurais pris ce parti

infailliblement, si madame de Woldemar
n'était venue me sauver de la mort et de
la fureur d'un époux outragé. Par ses soins,
je donnai secrètement le jour à un fils
qu'elle fit élever aux environs de Dresde
comme un orphelin ; et six ans après, lors
de la naissance d'Ernest, elle le fit venir
chez elle, et l'adopta pour servir de compagnon et d'émule à son fils : depuis près
de dix ans ils voyagent ensemble, et vous
avez sans doute entendu parler d'Adolphe
de Reinsberg. » En effet, Albert, je me
souviens de l'avoir vu dans mon enfance,
et il me semble même que toi, dont l'âge
te permettait de mieux juger, tu estimais
son caractère infiniment plus que celui
d'Ernest, ce qui, à la vérité, n'est pas un
grand éloge. « La profonde reconnaissance
que je dois à madame de Woldemar, a
continué la comtesse, est la seule cause
qui m'a empêché de vous défendre ouver-
tement lors de votre mariage ; car, malgré l'espèce de fureur avec laquelle elle
vous accusait, je n'ai jamais vu dans votre
conduite que de l'imprudence, et cette

générosité romanesque que la jeunesse prend si souvent pour de l'héroïsme. — Ah! je conviens, ai-je repris en soupirant, que l'amour m'a étrangement égarée. — L'amour, Amélie! de bonne foi, croyez-vous avoir eu une véritable passion pour M. Mansfield? — Si je le crois, madame! Eh! quelle serait mon excuse si je n'avais pas celle-là? » La comtesse a souri. « Il y a encore bien de l'exaltation dans cette jolie tête, m'a-t-elle dit; mais cela doit être ainsi; elle est de votre âge; je ne tenterai point de la détruire: le temps seul le peut, c'est son affaire. Nous verrons si après quelques années, peut-être quelques mois de séjour en Suisse, un nouvel amour ne vous apprendra pas que celui que vous avait inspiré M. Mansfield méritait à peine ce nom; que vous vous êtes méprise, et que vous étiez trop jeune pour aimer. — Ah madame! que dites-vous? Qui, moi, j'aimerais encore? — Oui, voilà bien de quoi vous récrier! Aimer encore! quel prodige à votre âge! Ma chère enfant, a-t-elle ajouté d'un ton

plus bas, et comme jouissant de la confidence qu'elle me faisait, un cœur de femme
ne peut répondre de son indifférence que
quand il a épuisé l'amour en le goûtant,
comme moi, jusqu'aux approches de la
vieillesse. Je vous dirai en grand secret
(parce que c'est une vérité qu'il n'est pas
bon de répandre) que l'amour ne vit qu'autant qu'il est libre ; et qu'il n'en est point
qui puisse résister au mariage, et que, si
je redevenais jeune, l'homme dont je voudrais le plus être aimée est celui que j'épou-
serais le moins. Quand j'ai perdu mon
amant, ma beauté était passée depuis long-
temps, et pourtant il m'aimait toujours ;
peut-être s'il vivait encore, malgré mes
rides et mes cheveux gris, lui paraîtrais-je
plus belle que vous: si c'est une illusion,
rien ne peut plus me l'arracher, et je la
nourrirai jusqu'au tombeau. » En parlant
ainsi, madame de Simmeren paraissait
tranquille et satisfaite, tandis que je me
sentais inquiète et agitée. O Albert ! s'il
était vrai, si le mariage étouffait l'amour,
si Mansfield n'avait cessé de m'aimer que

parce que je ne pouvais cesser d'être à lui!
Mon tendre frère, cette idée, qui ne s'était
point encore présentée à mon esprit, l'histoire, les réflexions de madame de Simmeren m'ont livrée, je l'avoue, à la plus
cruelle des incertitudes, au doute de la
vertu. Cette femme trahit ses devoirs, et
fut heureuse; elle sacrifia l'honnêteté à
l'amour, et fut constamment aimée: pu-
nition du vice, récompense de la sagesse,
où donc êtes-vous? Ah! sans doute ce n'est
pas sur la terre, et je sens bien que c'est
ailleurs qu'il faut vous chercher.

LETTRE XI.

AMÉLIE A ALBERT.

Du château de Simmeren, 10 juillet.

Ce soir, en causant avec madame de
Simmeren sur quelques détails de sa vie
qui lui étaient échappés dans nos autres
conversations, elle m'a appris que M. de
Simmeren était un officier-général qui

commandait en Hongrie dans la dernière
guerre; qu'ayant été tué à la tête de ses
troupes avant d'avoir pu faire aucune disposition en faveur de sa veuve, qu'il laissait sans enfants, toute sa fortune était passée à des parents éloignés; qu'elle n'avait
eu pour son partage que la jouissance de
la terre de Simmeren, et que cette pro-
priété, quoique vaste, était d'un si faible
revenu à cause des forêts et des bruyères
qui la composent presque en totalité, que,
sans les dons de madame de Woldemar,
elle n'aurait pas eu de quoi subvenir aux
dépenses qu'Adolphe est obligé de faire
comme le compagnon et l'ami d'Ernest.
C'est donc à madame de Woldemar qu'elle
doit son honneur, sa vie et l'existence de
son fils; et pour l'avancement de celui-ci,
quand il reviendra de Dresde, c'est encore
sur sa protection qu'elle compte. De si
nobles procédés ne m'ont point étonnée;
je sais que ma tante a toujours regardé la
générosité comme un des premiers devoirs
de son rang; mais ce qui m'a touchée,
c'est le mystère dont elle a entouré ses

bienfaits. Jusqu'à présent j'avais toujours ignoré que ses relations avec madame de Simmeren fussent de cette nature; je crois même qu'elle ne l'a jamais confié à personne de la famille, et j'aime bien que ce secret, qui est un bienfait, ne m'ait été révélé que par celle qui en est l'objet. Comme je parlais de la bonté de ma tante avec attendrissement, madame de Simmeren m'a serré la main, en disant : « Quel dommage qu'il n'y ait pas dans le cœur de madame de Woldemar autant d'indulgence que dans le vôtre, et qu'elle ne puisse pas oublier une erreur! vous pourriez être heureuses encore toutes les deux. — Eh! madame, ai-je repris, pourquoi ma tante ne le serait-elle pas ? son fils va revenir; on dit que son caractère n'est plus le même; que, grâces aux conseils et à l'amitié de M. de Reinsberg, il s'est fait en lui les changements les plus favorables. Ce retour comblera tous les vœux de sa mère, et alors le souvenir de celle qui l'a tant offensée ne pourra pas troubler son bonheur. — Et quand il faudra qu'elle choisisse une épouse pour son fils, croyez-vous qu'elle puisse s'empêcher de penser à celle qui lui fut destinée? et cette comparaison lui permettra-t-elle d'en trouver jamais une assez aimable ? — Ah, madame! ma tante ne me voit point avec tant de bienveillance: elle me hait trop pour me regretter. — Tenez, Amélie, a-t-elle répondu en ouvrant son bureau, voici une lettre de madame de Woldemar qui répondra précisément à ce que vous dites: elle est écrite depuis votre départ de Dresde; lisez-la, vous verrez ce qu'elle pense de vous, et cette phrase remarquable: « Quand je songe à ce qu'elle » était, et que je vois ce qu'elle est deve- » nue, je sens qu'il n'y a que la violence » de ma haine qui puisse égaler mes re- » grets. »

Je me suis retirée pour lire cette lettre: j'ai voulu t'écrire tout ce que j'en pensais, mais j'ai trouvé plus simple de t'en envoyer une copie; elle te dira, mieux que je ne pourrais le faire, tout ce que j'ai dû éprouver à cette lecture.

5...

La baronne DE WOLDEMAR
à madame DE SIMMEREN.

Dresde, 20 juin.

« Depuis trois ans, vous savez que je n'étais pas venue à Dresde, ma chère cousine ; la crainte de rencontrer celle qui fut l'ornement de notre famille, et qui en est devenue l'opprobre, me tenait enfermée à Woldemar ; mais j'apprends enfin que cette odieuse femme s'est fait justice à elle-même : elle s'exile de son pays, elle va rejoindre la famille de son séducteur, société digne d'elle, et la seule où on pourra la recevoir sans rougir. Ah ! puisse-t-elle s'éloigner assez pour que son nom ne revienne jamais frapper mes oreilles, et peut-être alors surmonterai-je la profonde tristesse dont son crime m'a frappée, et qui a détruit ma santé.

» A présent je vais presser le retour d'Ernest, je vais rapprocher de moi la seule consolation de ma vie : si depuis près de trois ans j'ai éloigné une réunion si desirée, c'était par la crainte que la vue de celle qui a fait notre honte ne réveillât dans l'ame de mon fils cette fureur de vengeance qu'il avait éprouvée en apprenant cet indigne mariage. Son ressentiment, plus impétueux que le mien, ne trouvait pas que ce fût assez du mépris pour punir un pareil outrage, et jamais ni Adolphe ni moi n'avons pu, sur ce point, le ramener à notre opinion : depuis un an, cependant, il paraît avoir oublié Amélie ; il n'en parle plus, et j'espère que s'il prononce ce nom en revenant ici, ce sera, comme moi, avec la froide indignation du dédain, et non plus avec l'emportement de la colère.

» Ses dernières lettres, datées de l'Archipel de Grèce, me disent qu'il n'arrivera à Naples que vers la fin d'août. Comme il faudra qu'il visite toutes les cours de l'Italie avant de se rendre à Dresde, je n'espère pas l'embrasser avant l'hiver prochain ; mais alors avec quelle ardeur je presserai dans mes bras un fils si cher, dont les brillantes qualités pro-

mettent tant de bonheur à ma vieillesse,
et un nouveau lustre au sang d'où il sort !

  » Je ne doute assurément pas qu'il ne
doive à la sage amitié d'Adolphe une partie de ses éminentes vertus; mais pardonnez si je ne puis m'empêcher de croire
qu'il les doit encore plus à lui-même. Les
défauts qu'on lui reprochait dans son enfance étaient le germe des qualités qui le
distinguent aujourd'hui; la violence de son
caractère annonçait l'extraordinaire valeur dont il a donné tant de preuves; et
son humeur impérieuse, la force et la noblesse de son ame. Soyez en sûre, loin
d'Adolphe, et seul, sans ami, sans conseil, l'héritier des Woldemar, le petit-
fils des deux plus illustres maisons de l'Al-
lemagne, ne serait jamais resté un homme
ordinaire ; mais où trouver une épouse
digne de lui? Je vous avoue que Blanche
n'est pas celle que je desirerais à mon fils:
son excessif enjouement ne convient pas
à une fille de son rang, et sa coquetterie
est un de ces défauts qui ne s'allient point
avec l'élévation du caractère. Ah! jamais,

jamais je ne retrouverai l'égale de celle que j'ai perdue: une créature si belle, à laquelle personne ne résistait, qui commandait le respect par la dignité de ses manières, et l'adoration par l'inépuisable bonté de son cœur ; qui, réunissant en elle tout ce qu'on admire et tout ce qu'on aime, était l'objet du culte de tous ceux qui la voyaient. Pourquoi le crime qui a souillé tant de vertus ne les a-t-il pas effacées de ma mémoire? pourquoi une comparaison que je ne puis m'empêcher de faire sans cesse m'ôte-t-elle toute espérance d'être heureuse dans la fille que je choisirai? Ah! ma cousine, cette Amélie m'a fait un mal irréparable: quand je songe à ce qu'elle était, et que je vois ce qu'elle est devenue, je sens qu'il n'y a que la violence de ma haine qui puisse égaler mes regrets.

» Le jeune comte de Lunebourg se prétend très affligé du départ de sa sœur; cependant, au fond de l'ame, il doit en être bien aise, malgré la protection qu'il lui accordait et la chaleur qu'il mettait à la défendre; il y a dans ce caractère-là tant de fierté, de délicatesse et d'honneur, qu'il a dû vivement souffrir de l'ignominie dont elle s'est couverte. Je n'ai point oublié le saisissement qu'il éprouva à la nouvelle de son infâme mariage; si, depuis, il s'est égaré jusqu'à voir cette femme et à la traiter avec une criminelle indulgence, il faut en accuser le serment qu'il fit à son père, de ne jamais abandonner sa sœur, et surtout l'imprudence que commit M. de Lunebourg en laissant à sa fille une liberté dont elle a si indignement abusé. »

Continuation de la lettre d'Amélie à Albert.

Le reste de la lettre de ma tante ne contient que des détails peu intéressants pour tous deux. O mon Albert! il y a assurément bien des sujets de douleur pour moi dans tout ce que tu viens de lire; mais le seul qui soit resté sur mon cœur, est ce saisissement que tu éprouvas à la nouvelle de mon mariage. Hélas! j'acquiers chaque jour de bien tristes lumières sur l'étendue du mal que je t'ai fait ; c'est en vain que ta générosité s'est efforcée de me le cacher, la vérité se découvre malgré toi, et je ne vois point sans un profond repentir qu'atteint dans ton amour, ton amitié et ton honneur par les coups les plus sensibles, c'est la main seule de ta sœur qui te les a tous portés. O mon frère ! pourquoi m'avoir caché que tu attachais ton bonheur à la possession de Blanche? cette confidence m'eût sauvée ; car si je n'ai point été arrêtée par l'orgueil du rang, assurément je l'eusse été par ma tendresse pour toi.

Albert, après avoir empoisonné ta vie, je sais bien que je n'ai pas le droit de t'accuser ; mais si une fausse exaltation m'a perdue, un excès d'héroïsme t'égara ; et si tu n'eusses eu qu'une délicatesse ordinaire, nous ne serions pas si malheureux tous les deux.

LETTRE XII.

AMÉLIE A ALBERT.

Ce 25 juillet.

J'ai quitté madame de Simmeren depuis deux jours, et, avant peu, j'espère être à Bellinzonna. Depuis mon départ je n'ai point eu de tes nouvelles, je n'en trouverai que chez mon oncle : aussi suis-je si impatiente d'arriver que je regarde comme perdus tous les instants que je donne au sommeil ; et si la santé de mon fils ne me prescrivait pas de m'arrêter chaque soir, je ne voudrais quitter ma voiture que pour descendre là où tes lettres m'attendent.

Je me félicite d'avoir échappé à madame de Simmeren ; je ne connais pas de femme plus séduisante, et avec qui je voulusse moins vivre : elle a quelque chose de si vif et de si mobile dans l'esprit, qu'elle ne laisse pas un moment de repos ; elle vous promène d'opinions en opinions, sai-

sissant d'un coup-d'œil tous leurs rapports, discutant le pour et le contre avec
la même facilité, et se contredisant avec
tant de franchise, qu'on est presque tenté
de préférer les inconséquences de cette
imagination en désordre, à la sage réserve
d'un esprit juste; enfin, si elle inquiète
par la nouveauté de ses principes, elle séduit par le charme qu'elle y prête; si elle
éloigne par ses caprices, elle ramène par
ses caresses; et, tout en inspirant une se-
crète défiance sur la solidité de son caractère, force le cœur à l'aimer en dépit de
la raison.

Laissons madame de Simmeren, Albert; je t'assure que la société de cette
femme m'a fait mal, et que son souvenir
ne me vaut rien; elle a jeté dans mes
idées un désordre plus pénible que la tristesse même, et j'ai besoin d'oublier qu'il
est des êtres dans le monde qui, au bout
d'une longue carrière, se rappellent leurs
fautes avec complaisance, parviennent
presque à les faire aimer, et, loin de s'en
repentir, trouvent dans le bonheur dont

elles furent la source de quoi embellir le soir de leur vie.

LETTRE XIII.

AMÉLIE A ALBERT.

Bellinzonna, 4 août.

J'arrive, je me jette dans les bras de mon oncle, je lui présente mon fils; il nous embrasse tous deux avec la plus touchante effusion, et nous reçoit comme ses enfants: on me remet tes lettres, je retrouve mon frère, tout mon frère: voilà son caractère, ses idées, sa raison, son amitié.

Tes lettres ont eu bientôt effacé ce reste d'impression pénible que m'avaient laissé les opinions de madame de Simmeren, et je crois que, sur ce sujet, nous pensons exactement de même. Adieu, voici M. Grandson qui commence, dit-il, ses fonctions d'oncle, en m'ordonnant de quitter la plume, et de consacrer toute

ma journée au besoin qu'il a d'être avec
moi.

LETTRE XIV.

ALBERT A AMÉLIE.

Dresde, 26 juin.

Mon amie, ma tendre sœur, comment
ne pardonnerais-je pas une faiblesse que
j'ai partagée; crois-tu que quand je me
suis arraché d'auprès de toi, je n'aie pas
versé des larmes? En sortant de ta maison j'avais le cœur si oppressé que je pouvais à peine marcher; je me suis assis sur
la première borne, la tête appuyée contre
le mur, et je t'assure qu'il m'a fallu un
bien grand courage pour ne pas retourner
chez toi te conjurer de ne pas partir : jamais tentation n'a été plus forte, et jamais
je n'ai eu plus de peine à résister à un
parti que ma raison condamnait; mais ne
pense pas que nous soyons séparés pour
long-temps; puisque tu l'as exigé, je ne

t'ai point accompagnée ; pour te satisfaire, je me suis préféré à toi, et j'ai consenti à te laisser t'exposer seule à la fatigue
d'un long voyage, plutôt que de risquer
d'offenser les parents de Blanche ; mais
avant peu j'irai revoir ma jeune, ma première amie, trésor précieux que me lé-
gua mon père, et dont je sens si bien
toute la valeur.

Te le dirai-je, mon Amélie, depuis ton
départ ma pensée, qui se complaît à rappeler tous les instants que nous avons
passés ensemble, s'arrête souvent sur ceux
où, d'un air si tendre et presque reconnaissant, tu écoutais en silence mes longues et sévères remontrances. Je me demande comment ton invincible douceur
ne me désarmait pas sur-le champ, et me
laissait le courage de te parler d'autres
choses que de mon amitié ; mais va, mon
Amélie, sois bien sûre que ce frère gron-
deur et moraliste, en te reprochant tes
torts, n'en voyait pas moins tes vertus ;
et plus d'une fois il s'est dit à lui-même,
qu'il valait peut-être mieux se tromper

comme toi, que d'avoir raison comme tant d'autres.

La nouvelle de ton départ a coûté bien des larmes à Blanche : en la voyant pleurer, ma sœur, il m'a semblé qu'elle me devenait plus chère ; monsieur et madame de Geysa sont restés dans un étonnement stupide ; madame de Woldemar, après avoir montré, à cette occasion, une joie indécente, et répété hautement qu'en renonçant à ta patrie et à ta famille, tu t'étais fait justice à toi-même, a voulu nous réunir tous chez elle pour célébrer, comme un jour de fête, celui de ton exil ; je t'avoue, qu'indigné de ce projet, et surtout de l'invitation qu'elle avait osé m'envoyer, je lui ai répondu que le sujet de son allégresse en étant un de deuil pour moi, deux personnes qui s'entendaient aussi peu devaient éviter de se rencontrer jamais, et que dorénavant je fuirais sa présence pour ne pas avoir à rougir pour elle, et à souffrir pour moi de la cruauté avec laquelle elle insultait à l'infortune de la sœur et à la douleur du frère.

Ma lettre ne l'a point offensée, elle en a senti la justesse ; je sais même qu'elle s'est repentie, et de m'avoir engagé à venir participer à sa joie, et de l'avoir manifestée aussi publiquement ; mais néanmoins elle n'a pas voulu revenir sur ses pas, et la fête a eu lieu. Monsieur et madame de Geysa y étaient ; Blanche les a suivis : ne lui en fais pas un crime, Amélie ; je sais bien qu'au premier moment j'aurais voulu qu'elle déclarât hautement qu'elle n'irait point ; mais, en y réfléchissant mieux, j'ai pensé qu'il était possible que son devoir lui en fît la loi, et que l'obéissance filiale devait aller avant l'amitié même ; mais je sais du moins qu'elle a été fort triste ; et, dans un caractère comme le sien, tu penseras peut-être que c'est une plus grande preuve de tendresse, que ne l'eût été le refus même d'accompagner ses parents chez madame de Woldemar.

LETTRE XV.

Albert a Amélie.

Dresde, 20 juillet.

Madame de Simmeren a fait une indiscrétion en te communiquant la lettre que tu m'envois; mais c'est une femme qui, dans toutes les occasions de sa vie, n'a jamais cédé qu'à son premier mouvement, et qui n'a prévu les conséquences du mal qu'elle faisait que quand il était sans remède; cependant je desirerais, pour son bonheur, qu'elle n'eût jamais commis d'imprudence plus grave que celle-ci. Qu'as-tu trouvé dans cette lettre pour t'affliger si vivement? La haine de madame de Woldemar t'était bien connue; et, quant au mouvement de peine que j'éprouvai en apprenant ton mariage, c'est une de ces faiblesses de l'orgueil dont ton frère n'est pas exempt, et qu'il faut bien que tu lui pardonnes. Toi, qui te plais à me croire parfait, tu n'aurais jamais pensé

que, pendant quelques instants, je fus plus
touché de la honte de ta mésalliance, que
de la crainte de ton malheur ; et si je t'ai
toujours caché l'état où je fus alors, c'était
moins pour me montrer à tes yeux meilleur que je ne suis, que pour ne pas t'affliger, en te laissant voir combien il m'en
coûtait de donner le nom de frère à
M. Mansfield. Ah ! si j'avais cru n'empêcher que ce mariage, en te confiant mon
attachement pour Blanche, je t'aurais ouvert mon cœur : mais je te connaissais : tu
n'aurais cru assurer mon bonheur qu'en
t'unissant à Ernest ; et malgré la répugnance qu'il t'inspire, tu l'aurais fait. J'ai
redouté ta générosité, et je ne sais si ce
n'est pas une grande consolation dans nos
peines, qu'elles ne nous soient venues que
pour nous être trop aimés. Mais calme
ton repentir, mon amie : à qui ton mariage a-t-il plus nui qu'à toi-même ? Pourquoi, dans le souvenir des maux dont il
fut la source, n'oublies-tu que ceux qu'il
t'a faits ? Ah ! ce n'est pas à la victime à
éprouver des remords !

Je connaissais l'histoire de madame de Simmeren : quelques années avant la mort de mon père je fus mis dans cette confidence par madame de Woldemar, qui avait besoin d'un ami sûr pour envoyer chez sa cousine certains détails relatifs à la naissance d'Adolphe. Ce fut là le véritable motif de mon voyage en Souabe, et la seule occasion que j'aie eue de voir madame de Simmeren. Je la jugeai à-peu-près comme toi, mais elle me plut beaucoup moins. Je n'ai jamais pu souffrir ces gens dont la conscience vit en paix avec leurs fautes, surtout lorsqu'ils se donnent, aux caractères faibles et aux imaginations vives, comme un modèle à suivre. J'avoue que la tranquillité de madame de Simmeren, au milieu du désordre de sa conduite, m'a toujours indigné. C'est le dernier degré de la corruption que d'y vivre sans doute, et de préférer cette paix criminelle, qui est comme la mort de l'ame, au remords salutaire qui nous repousse vers la vertu, et en est le supplément, si la vertu peut en avoir.

Tu demandes où sont les punitions du vice et les récompenses de la vertu, et tu n'espères les trouver que dans le ciel : sans doute, Amélie, tu les y trouveras; mais elles sont aussi sur la terre; attends encore quelque temps pour juger cette grande question; attends d'avoir lu au fond des ames, si ce n'est pas là que le vice nourrit en silence ses plus cuisantes douleurs, et que la vertu a placé ses plus doux plaisirs; attends d'avoir vu un coupable sur son lit de mort, et d'avoir comparé sa fin avec celle de mon père; attends, Amélie, attends les derniers jours de madame de Simmeren, et alors seulement tu pourras juger si Dieu nous a trompés en écrivant ces mots dans nos cœurs: *Sois sage, et tu seras heureux!*

LETTRE XVI.

AMÉLIE A ALBERT.

Du château de Grandson, 18 août.

Il faut avoir eu un père comme le mien;

il faut l'avoir aimé comme je l'ai fait pour croire que M. Grandson n'est que mon oncle. Jamais enfant n'a été accueilli dans la maison paternelle avec plus de bonté que je ne l'ai été ici ; chaque jour ce sont des fêtes nouvelles ; le château ne désemplit pas ; on vient de Bellinzonna, de Lugano et autres villes voisines, pour féliciter mon oncle sur l'arrivée de sa fille, car il ne permet pas qu'on me nomme autrement. J'ai été si long-temps privée de ces égards, de cette considération, de cette bienveillance, que je ne m'en vois pas l'objet sans un vif plaisir et une grande reconnaissance pour celui à qui je dois de pareils biens.

Dans ces moments, Albert, c'est à toi que j'ai pensé, c'est toi que j'ai regretté. En voyant les éloges qu'on me prodigue, surtout l'affection qu'on me témoigne, tu aurais cru revenir à ces jours heureux où j'étais chez mon père.

Je suis étonnée qu'avec le goût que tu me connais pour la solitude, je ne sois pas encore lasse d'être entourée de monde du

6..

matin au soir. Parmi les personnes que je
vois, celles qui me marquent le plus d'empressement sont deux femmes de Bellinzonna; madame de Nogent et madame
d'Elmont. La première est d'une gaîté si
continuelle, qu'elle en paraît affectée, et
en trouvant toujours sujet de rire aux
choses les plus communes, elle me rend
malgré moi sérieuse aux plaisantes. L'autre
est plus jeune, plus jolie et beaucoup plus
aimable : elle était ici quand je suis arrivée ; depuis elle n'a pas quitté le château,
et je ne puis m'empêcher d'être touchée
de l'extrême préférence qu'elle me montre ; mon oncle lui reproche de l'affecta-
tion : je ne lui en ai point trouvé encore.
Je vois aussi presque tous les jours M. Watelin, dont l'esprit est assez piquant et la
conversation intéressante. M Grandson lui
témoigne une amitié qui m'a prévenue en
sa faveur ; car je me sens disposée à aimer
tout ce qui plaît à mon oncle : il y a dans
toutes ses manières tant de bonté, de franchise et de loyauté, que, dès son premier
abord, il inspire, avec le besoin de le ché-

rir, celui de lui complaire et de s'occuper
sans cesse des moyens d'accroître son
bonheur.

Ce qu'il aime le plus, à ce qu'il dit, après
mon fils et moi, c'est la terrasse de son
château : le monde entier qu'il a parcouru
ne lui a jamais offert rien d'aussi beau ;
c'est la première chose qu'il m'a fait voir
en arrivant ; il m'y mène tous les jours,
et mon admiration le ravit : c'est en effet
un des plus beaux points de vue que
puisse offrir un pays aussi pittoresque
que celui-ci. D'un côté le mont St.-Go-
thard, dont les roches sourcilleuses s'é-
lancent dans les nues ; plus loin, les montagnes des Grisons avec leurs cimes blan-
chissantes ; et du côté de l'Italie, une
plaine riche, fertile, et que couvre une si
innombrable quantité d'arbres fruitiers,
qu'elle semblerait un verger sans bornes,
si le Tessin qui l'arrose ne guidait l'œil
après mille détours vers le lac Majeur,
qu'on aperçoit au fond de l'horizon comme
une vaste mer.

Dès le lendemain de mon arrivée, mon

oncle a assemblé tous ses gens dans la
grande salle du château, et me les a pré-
sentés l'un après l'autre en m'informant
de leur nom et de leur emploi ; ensuite il
s'est adressé à eux, et leur a dit en me
montrant : « Mes amis, voilà votre sou-
veraine ; c'est elle qui présidera à tout ;
elle distribuera les récompenses, infligera
les punitions, donnera tous les ordres....
Ils n'en seront pas fâchés, a-t-il ajouté en
se tournant vers moi, je ne suis pas toujours bon, et ils ont eu souvent à souffrir
de mes brusqueries ; mais quand on a
passé sa vie avec des marins, on ne peut
pas être doux comme une femme. » Un
des gens a secoué la tête ; mon oncle l'a
vu, et lui a dit : « Tu as de la rancune, toi,
tu n'as pas oublié encore que j'ai voulu te
jeter par la fenêtre. — Je l'aurais bien
moins oublié si je ne m'étais pas échappé
d'entre vos mains, car j'aurais les os brisés
à présent. — Eh bien ! ne t'ai-je pas assez
récompensé de la peur que je t'ai faite ?
— Oh ! si bien, a repris le domestique,
que, dussiez vous exécuter vos menaces »

je ne pourrais me résoudre à quitter votre service. »

Mon oncle lui a tendu la main en riant, et puis l'a congédié ainsi que ses camarades, pour qu'ils allassent préparer la fête qui devait avoir lieu le soir. Tout le château a été illuminé ; on a dansé jusqu'au jour ; la joie animait tous les convives : je la partageais, je me sentais renaître à tous les goûts de la jeunesse ; le bruit, le mouvement, la gaîté m'animaient sans m'étourdir ; et en retrouvant ces sensations qu'une longue douleur avait éteintes, je me disais : si Albert était là, peut-être retrouverais-je aussi le bonheur.

LETTRE XVII.

AMÉLIE A ALBERT.

Le 14 septembre.

Depuis quelques jours nous sommes un peu seuls ; mon oncle s'en inquiète ; il craint que je ne m'ennuie. Il a bien tort :

je suis si bien avec lui ; ce monde qui était toujours entre nous commençait à me fatiguer. Peut-être il est possible d'avoir plus d'esprit que mon oncle : mon père en avait davantage ; mais son extrême bonté donne tant de charme à tout ce qu'il fait, et ses nombreux voyages tant de variété à ce qu'il raconte, qu'il me semble que je ne craindrais pas de passer tout mon temps tête-à-tête avec lui ; d'ailleurs, j'habite un pays si enchanteur, que c'est une jouissance bien vive pour moi de pouvoir le parcourir en liberté. Je me plais à errer dans ces routes solitaires et sauvages où l'on croit être seul au monde ; à parcourir ces prairies si vertes et si fraîches, qu'il semble que jamais pied d'homme ne les ait foulées ; à voir couler ses eaux limpides qui, toujours les mêmes par leur pureté, toujours différentes par leurs accidents, nourrissent ces longues rêveries auxquelles tu sais que j'aime tant à me livrer. Mais mon oncle ne me laisse pas libre de suivre mon goût sur ce point ; il prétend que toutes ces rêveries où l'on se

crée l'idée d'un bonheur parfait, ne servent
qu'à dégoûter du pauvre bonheur réel ;
et quand il me voit m'échapper pour aller
me promener seule, il court après moi,
ou envoie M. Watelin me tenir compa-
gnie. Assurément mon oncle peut avoir
raison quand il assure que ces heures de
solitude ne me valent rien ; mais si M. Watelin était aussi aimable qu'il le suppose,
croit-il donc que de fréquents tête-à-tête
avec lui, dans le plus beau pays du monde,
n'auraient pas aussi leur danger ?

Ta dernière lettre m'a bien touchée,
Albert, mon bonheur t'y occupe si uni-
quement que le nom de Blanche n'y a été
tracé qu'une fois. Ah ! mon ami, ne crains
point que je t'afflige encore par de nouvelles erreurs ; je suis retenue dans la
route du bien, non seulement par mon
intérêt, mais par le tien, qui m'est plus
cher encore, et j'ai du moins recueilli ce
fruit de mes fautes, qu'elles m'ont inspiré
une si grande méfiance de moi-même, que
désormais je ne veux voir que par tes
yeux, n'être éclairée que par tes conseils,

6...

ne suivre que tes exemples, et enfin ne
conserver de moi que mon cœur pour
t'aimer ; et si , dans la suite, on me trouve
quelques-unes des vertus de mon modèle,
je m'enorgueillirai de pouvoir dire, comme
la terre odorante du poète persan (1), *je
ne suis pas la rose , mais j'ai vécu près
d'elle.*

LETTRE XVIII.

ALBERT A AMÉLIE.

Dresde, 15 septembre.

Ne vante plus la force de mon ame , car
je suis tourmenté plus sans doute que je
ne devrais l'être. On parle du retour d'Ernest , et je vois que Blanche , tout en m'assurant qu'elle n'aime que moi, sourit à
l'idée de se faire regretter par son cousin.
Je sais bien qu'il faut que quelques ombres
se mêlent aux charmes de cette fille ado-

(1) Saadi.

rable; mais pourquoi sont-elles dans son
cœur plutôt que dans son caractère ? Que
n'ai-je à lui adresser les mêmes reproches
qu'à toi? Oh! que le ciel ne lui a-t-il
donné ton cœur, mon Amélie, ton cœur
tendre, qui fut la cause de tes erreurs,
sans doute, mais qui en est aussi l'excuse!
Quoi que tu en dises, Amélie, un amour
véritable n'est pas aveugle, et les défauts
de Blanche ne peuvent m'échapper; je
vois trop qu'il est des moments où le desir de plaire l'entraîne si impérieusement,
que la crainte de blesser l'amitié, l'amour
même ne l'arrêterait pas: le repentir
viendrait bientôt, j'en suis sûr; mais le
mal serait fait, et un mal dont elle ne
concevrait peut-être jamais la profondeur.
Quelquefois elle se fait un jeu d'exciter ma
jalousie; il est rare qu'elle réussisse: je
l'estime trop pour la soupçonner; alors
elle augmente d'efforts, et quand elle est
parvenue à ébranler ma confiance, il
semble qu'elle soit plus satisfaite d'elle-
même; ainsi donc se rabaisser dans l'opinion de son amant en déchirant son cœur,

donner de fausses espérances à des êtres
qu'on n'aime pas, se perdre dans leur estime et exciter leur vengeance, voilà
l'amusement d'une coquette et ce qu'elle
appelle son triomphe; encore est-ce le
beau côté de ce caractère, puisque ce ma-
nége n'est employé que pour s'assurer la
tendresse d'un amant : que serait-ce donc
si n'aimant rien et s'amusant de tout....
mais Blanche en est incapable. Hélas !
qu'il est cruel d'accuser de pareils torts la
femme à laquelle on a attaché invariable-
ment sa destinée ! Pourquoi recourir à la
ruse quand on a tant de charmes ? préférer
à la touchante dignité de la franchise le
misérable emploi de la finesse? et à cette
pure confiance qui augmente l'amour en
nourrissant l'estime, cette inquiétude per-
pétuelle qui ne l'excite qu'en le corrom-
pant? Je sais que Blanche t'écrit; elle
croit avoir à se plaindre de moi : après
avoir supporté quelque temps ses raille-
ries et son persifflage, je lui ai répondu
sur un ton peut-être trop sévère ; mais je
souffrais cruellement de lui voir gâter à

plaisir un si charmant naturel : entraîné par l'ardente affection qu'elle m'inspire, j'ai laissé échapper des vérités qui l'ont blessée. Hélas ! si son intérêt ne m'occupait pas bien davantage que le mien, et si je ne cherchais qu'à lui plaire, j'aurais été plus adroit ; mais elle m'est si chère que plutôt que de lui nuire en la flattant, je m'exposerais à perdre sa tendresse. Adieu, ma sœur bien-aimée ; tu vois que je ne te parle que d'elle aujourd'hui.

LETTRE XIX.

Blanche de Geysa a Amélie.

Dresde, 15 septembre.

Hé bien, pauvre cousine ! te voilà donc tout-à-fait perdue pour moi ; je ne puis espérer te revoir de long-temps, et il ne m'est pas même permis de t'écrire. Notre hautaine et despotique tante ayant donné à mon père, en manière de conseil, l'ordre positif de m'interdire toute communication avec toi, il a obéi, et ce n'est qu'à force de supplications et de caresses que j'ai pu obtenir de lui de te dire en secret un dernier adieu. Aussi quelle folie à ton âge de t'aller enterrer dans de tristes montagnes! Tu n'y verras que des ours ou des hommes qui ne valent guère mieux; mais ne sait-on pas que tu n'as jamais rien fait comme un autre. Depuis ton départ, je suis triste; ton frère n'est plus aimable; il me prêche, je le raille; il se fâche, je le boude, et nous n'avons personne pour nous raccommoder. Je te vois d'ici prendre ta mine dédaigneuse, et du moment que j'ai nommé ton frère, me juger coupable sans m'entendre; mais que veux-tu, Amélie, les choses sont arrangées tout de travers: quand tu éprouves pour lui l'aveuglement, l'enthousiasme, l'adoration, que peut-il rester à mon amour? ton amitié lui a tout pris. Ne me gronde pas aussi, cousine, laisse ce soin à ton frère; il s'en acquitte si bien, et c'est un rôle si convenable pour un amant! Je ne puis rien faire qui le contente, et je ne comprends pas qu'il

puisse toujours aimer quelqu'un qui lui
plaît aussi peu : si je plaisante, je manque
de tendresse ; si je me plains, je suis injuste ; si je me résigne, je suis froide ; si
je me distrais, je suis coquette ; et, à l'entendre, c'est toujours moi qui ai tort et
lui qui a raison. Au reste, si depuis quelques jours je me suis donné un peu le plaisir de le tourmenter, c'est que j'ai en réserve de quoi guérir ses légères blessures.
Je suis presque assurée du consentement
de mon père en faveur d'Albert, et je
crois que madame de Woldemar, à qui
ma gaîté n'a pas le bonheur de plaire infiniment, et qui d'ailleurs a en vue l'alliance
la plus illustre pour Ernest, ne serait pas
éloignée d'un arrangement qui nous ren-
drait libres tous deux. Vois un peu ce que
ton frère gagne à se mettre mal avec moi,
c'est d'ignorer encore un secret qui, j'ose
le croire, ne lui est rien moins qu'indifférent ; mais je veux le lui faire acheter, et
il ne l'apprendra qu'en me permettant de
paraître aimable à d'autres yeux qu'aux
siens. Je veux bien lui plaire plus qu'à

personne, mais c'est tout, et exiger davantage, c'est vouloir plus que la nature
ne permet aux femmes de donner. Tu
souris; mais il n'est pas question de toi
ici; on sait bien qu'Amélie est une exception, et dis-moi, qu'as-tu gagné à
l'être? En renonçant à cette douce et innocente coquetterie que je défends ici,
as-tu été plus aimée? as-tu été plus heureuse? Crois-moi, cousine, c'est être ingrate que de ne pas bénir cette mobilité
de sensations et cette envie constante de
plaire qui est pour notre sexe le préserva-
tif des grandes passions, c'est-à-dire, des
grands malheurs et des grandes sottises;
et lors même que la coquetterie serait un
tort, il faudrait encore l'admettre, parce
qu'au fond il vaut mieux être heureux que
parfait, et que d'ailleurs Dieu nous a
créées pour elle : pour elle! vas-tu t'écrier
en reculant d'effroi à la vue du monstre
hideux. Oui, mon Amélie, pour elle, je
le répète; sans son secours quel serait
notre sort? qui nous apprendrait que nous
ne pouvons garder l'empire qu'en ayant

l'air de le céder, et que les hommes nous laissent toujours faire lorsque nous les laissons ordonner.

Chère Amélie, si je ne m'afflige pas plus sérieusement de mes démêlés avec ton frère, tu me pardonneras, parce que tu sais bien que, dans le fond, je l'aime avec plus de solidité et de tendresse que je n'en ai l'air. Quelquefois, lorsque je pense qu'avec ton caractère je rendrais Albert plus heureux, je suis tentée de te l'envier, quoique bien sûre qu'il fait le malheur de celle qui l'a. N'est-ce pas une véritable preuve d'attachement, Amélie? car, enfin, si le ciel te créa pour le bonheur des autres, il me créa, moi, pour le mien, et je ne sais si je ne perdrais pas au change. Bien des gens diront qu'oui. J'aurais pensé comme eux il y a un moment; mais à mesure que je t'écris, je sens que mes dispositions changent; je crois t'entendre me parler en faveur d'Albert; mon cœur s'attendrit à ta voix, et je ne peux plus garder ni ma légèreté, ni ma colère. Je suis convaincue que s'il m'eût été permis de passer ma vie auprès de toi, j'aurais fini par céder au charme irrésistible de ton éloquence, qui, sans jamais disserter sur le bien, oblige à le faire en forçant à l'aimer.... Bonne cousine! c'est Blanche seule qui a commencé cette lettre ; mais c'est ta douce influence qui en a dicté les dernières lignes, et tu vois comme je vaux mieux en la finissant. Adieu, chère amie, adieu jusqu'au jour où, déposant mon empire et ma liberté entre les mains d'Albert, je pourrai te nommer ma sœur.

LETTRE XX.

AMÉLIE A BLANCHE.

Le 5 octobre.

Me sera-t-il permis d'adresser à l'aimable amie, dont le cœur généreux est venu me chercher dans mes montagnes, quelques lignes qui lui peignent tout le bien que je pense d'elle, et toute la reconnaissance qu'elle m'inspire? Chère Blanche!

pourquoi te gronderais-je? que me fait ce
que tu dis quand je vois ce que tu es? Tu
parles de ta légèreté, et ni l'absence, ni
l'adversité n'ont pu te détacher d'une amie
malheureuse. Va, tant que tu aimeras Albert, ce sera en vain que tu chercheras à
me faire mal penser de toi : tu n'y par-
viendras jamais. Pour oser associer son
ame à la sienne, il faut se sentir biendes
vertus : on ne s'attache qu'à ce qui nous
ressemble. C'est toi, Blanche, c'est toi qui
feras le bonheur du meilleur des hommes,
et qui réparera tout le mal que je lui ai
fait. Je te regarde comme l'ange sauveur
destiné à arracher de mon sein le cruel
remords d'avoir nui à mon frère. Tu tiens
entre tes mains notre sort à tous deux ;
d'un mot tu peux faire sa félicité et me
rendre la paix, et ce mot tu le diras, j'en
suis sûre : nul obstacle ne t'arrêtera. Ah!
Blanche, au lieu de te gronder, laisse-
moi te bénir; laisse-moi te dire que celle
qui joint au pouvoir de répandre tant de
biens la volonté de le faire, ne doit point
en être crue sur sa parole lorsqu'elle se

peint comme une jeune fille vaine et coquette, dont le plus doux passe-temps est
d'affliger son amant, et de calculer jusqu'à quel point elle lui fera acheter le
bonheur qu'elle lui destine.

Non, Blanche, je ne croirai jamais que
tu aies eu des torts volontaires avec Albert; s'il était même possible que quel-
ques-uns de tes avantages pussent nuire à
son bonheur, ton cœur est trop sensible
pour n'y pas renoncer, et te faire préférer,
aux vains plaisirs de l'amour-propre, un
moyen d'être plus aimée et de rendre ton
époux plus heureux. Le monde même, qui
connaîtrait bientôt tes motifs, ne te trou-
verait-il pas plus aimable, précisément
parce que tu ferais moins de frais pour le
paraître? A l'exception de quelques hommes sans mœurs, dont l'approbation est
presque une insulte, tous les autres te sau-
ront gré du sacrifice de tes succès à ton
devoir. Sois-en sûre, ma Blanche, en réunissant toutes les jouissances que peut
donner l'amour-propre à une belle femme
et à une femme d'esprit, elles ne vaudront

jamais celles que trouve une femme de
bien dans l'intérieur de sa maison.

Je ne te parle point de moi, aimable
amie, mon frère te communiquera tous
les détails que je lui donne sur ma nouvelle situation. Si, comme tu le dis, les
hommes sont un peu ours dans ce pays-ci,
ils ne m'en déplairont pas plus pour cela,
car tu sais que je suis assez sauvage; mais
malheureusement je ne les ai pas trouvés
tels. Bellinzonna est une petite ville charmante, sur la route de France en Italie;
presque tous les voyageurs s'y arrêtent,
beaucoup y séjournent; cela a donné au
ton de la société une élégance, et aux
mœurs une urbanité qu'on ne trouverait
peut-être pas dans la plupart des autres
villes suisses. Dans les premiers temps de
mon séjour ici, mon oncle attirait beaucoup de monde, et Albert aura pu te dire
que, pour la première fois de ma vie, je
me suis vue avec plaisir au milieu d'un
cercle nombreux, parce que, en compa-
rant les prévenances que j'y recevais avec
l'éloignement qu'on me marquait à Dresde,

il me semblait tout composé d'amis; cependant j'ai été assez promptement fatiguée des continuelles visites que nous recevions, j'ai senti une vive impatience d'être seule avec mon oncle : heureusement il l'a partagée. Dès que nous avons été rendus à nous mêmes, il m'a fait faire connaissance avec le pasteur du lieu. A la fin d'une vie sage et laborieuse, cet homme respectable attend en paix la récompense de ses vertus : il a auprès de lui deux filles, l'une âgée de seize ans, et l'autre de quinze. Toutes deux sont vêtues à la mode des paysannes du pays, et partagent joyeusement entre elles les soins de la piété filiale et ceux des travaux rustiques. Je dirige souvent mes promenades de leur côté, et d'aussi loin que ces aimables filles m'aperçoivent dans le chemin bordé de chênes et de peupliers qui conduit au presbytère, elles courent au-devant de moi avec transport, me comblent de leurs innocentes caresses, me racontent toutes leurs petites histoires, et ne me laissent jamais aller que je n'aie goûté leurs raisins et leur crème.

Bientôt je me verrai forcée d'interrompre
ces courses champêtres; nous entrons dans
la mauvaise saison, les chemins deviennent
difficiles, la neige commence à couvrir les
hauteurs, l'abondance des pluies fait dé-
border les torrents, et le vent, qui reten-
tit dans les montagnes avec plus de violence que partout ailleurs, enlève chaque
jour un charme à la campagne; les fleurs
tombent oubliées sur le sol qu'elles em-
bellissaient, et le rameau de verdure qui
nous couvre encore aujourd'hui, demain
jonchera la terre: ainsi se détruisent peu
à peu tous les liens qui nous attachent à
la vie. O ma Blanche! en voyant avec
quelle effrayante rapidité le temps entraîne tout avec lui, laisseras-tu échapper
le bonheur tandis qu'il est en ton pouvoir?
Ne hâteras-tu pas le moment où tu pourras jouir avec Albert des pures et ineffa-
bles délices d'une union assortie? Se donner à ce qu'on aime, Blanche, ce n'est pas
perdre son indépendance, c'est en user.
Qu'Ernest, en revenant dans sa patrie,
sache bien que ce n'est point par haine

pour lui, mais par amour pour Albert que tu as formé tes liens, et que si le cœur de Blanche fut trop tendre pour ne pas aimer, il fut trop fier pour laisser à personne le droit de disposer de lui.

LETTRE XXI.

AMÉLIE A ALBERT.

Le 14 novembre.

Cher Albert, mon temps de bonheur n'a pas duré beaucoup, depuis quelques jours surtout je me sens accablée d'une mélancolie que je ne puis surmonter : faut-il l'attribuer à l'influence d'une saison qui amène avec elle les idées tristes, ou plutôt au continuel chagrin d'être séparée de toi, chagrin sur lequel le temps est sans puissance, et qui ne se montre moins peut-être que parce qu'il s'enfonce plus avant dans le cœur ? Ah ! les peines qui usent la vie sont presque toujours celles qui se cachent, et tel qui a résisté à leur

violence succombera à leur durée! Ne va
pas croire, cher Albert, que cette disposition vienne d'aucun mécontentement sur
ce qui m'entoure : de qui, bon Dieu! pour-
rais-je me plaindre? Mon oncle ne m'ai-
me-t-il pas comme sa fille? ne suis-je pas
sûre que ma présence le rend heureux?
chacun ici ne s'empresse-t-il pas de prévenir mes moindres desirs? Non, rien n'afflige mon cœur, mais rien ne le remplit ;
j'aime mon oncle comme un bienfaiteur,
comme un père : chaque jour me découvre en lui de nouvelles vertus; mais il ne
m'inspire pas la confiance de lui parler de
tout ce que j'éprouve ; loin de lui avouer
la tristesse qui m'obsède, je la lui cache :
il ne la comprendrait pas; il croirait que
c'est l'ennui qui la cause; et pour la dissiper, il m'arracherait à ma solitude, et
me forcerait à aller passer l'hiver au milieu du monde, soit à Bellinzonna, à Mi-
lan ou à Turin. Albert, je ne sais si dans
ton cœur même il peut y avoir plus de
bonté que dans celui de M. Grandson;
mais cet homme excellent ne sera jamais

pour moi un ami comme Albert. J'ai été
tentée un moment de former une liaison
particulière avec madame d'Elmont : cette
jeune femme exprimait avec tant de grâce
des goûts et des sentiments analogues aux
miens, que je croyais avoir rencontré une
amie ; mais heureusement je me suis
aperçue à temps que mon oncle l'avait bien
jugée ; j'ai vu que, tout en vantant les
charmes de la solitude, elle recherchait
le monde qu'elle voulait avoir l'air de dé-
daigner ; depuis que nous sommes seuls
ici, elle n'a trouvé le moment d'y venir
qu'une journée, non sans se plaindre de
me voir si peu et sans se désespérer des
chaînes qui la retiennent. J'ai cru remarquer dans le contraste de ces expressions
si vives et de cette conduite si froide, une
sensibilité dont l'esprit faisait tous les frais,
et j'ai renoncé à cette liaison avant que sa
perte fût pour moi une douleur. Je vois
plus souvent M. Watelin ; mais il va partir
pour Paris, et il fait bien : ce séjour lui
convient infiniment plus que celui-ci. Ne
prenant nul intérêt à lui, je l'écoutais avec

assez de plaisir, lorsque je me suis aperçue
que mon oncle avait des vues secrètes en
nous réunissant souvent ; dès-lors j'ai ap-
précié cet homme ce qu'il valait : j'ai
vu un esprit sans fond, qui ne saisissait
que les superficies ; qui, disant d'un air
fin les choses les plus communes, en imposait quelquefois à ceux qui ne se sou-
ciaient pas d'y regarder de plus près.
Ajoute à cela cette vanité misérable qui,
mesurant le mérite sur quelques succès,
les recherche à tout prix, les suppose même sans les avoir, et tu jugeras si ta sœur
pouvait courir le moindre danger auprès
de cet homme-là. Mais eût-il possédé de
véritables avantages, je n'en aurais pas
été plus touchée. Se peut-il que mon
oncle me connaisse assez peu, me juge assez mal pour concevoir l'idée de me marier ? Moi, Amélie Mansfield, m'engager
dans de nouveaux liens, quand tous mes
souvenirs vivent encore, quand tous les
mariages ne me présentent que l'image
d'un ingrat et d'une victime, quand mon
cœur, flétri par le chagrin, se sent dé-

7..

goûte de tout, même du bonheur. Ah! mon Albert, je ne me relèverai jamais du coup dont un amour trahi m'a frappée; et si je ne retrouvais quelquefois des larmes en pensant à toi et en embrassant mon fils, je croirais, dans l'anéantissement qui m'accable, que mon ame est morte avant moi.

LETTRE XXII.

AMÉLIE A ALBERT.

Le 21 décembre.

Albert, je m'attache à mon oncle de plus en plus, et ma tendresse s'accroît avec sa bonté. Depuis que l'hiver règne ici, que les neiges couvrent toutes les routes, que les avalanches emportent souvent dans leurs chutes les arbres, les cabanes et même les habitants, mon oncle ne s'occupe que de prévenir et de réparer les funestes accidents dont les montagnes sont souvent la cause et le témoin. Dans un

voyage qu'il fit l'hiver dernier à travers
les Alpes, il s'arrêta plusieurs jours chez
les hospitaliers du mont St.-Bernard ; il
fut si charmé de l'utilité de leur établisse-
ment, qu'il prit dès-lors tous les renseigne-
ments nécessaires pour en former un pareil ici, et il s'occupe chaque jour d'exécuter son projet. Il a fait élever de distance
en distance, sur la grande route qui passe
devant le château, de hautes perches pour
indiquer le chemin à travers la neige : à
ces perches on a attaché de grosses cloches, afin que les voyageurs égarés puissent avertir plus sûrement de leur détres-
se, et trouver plus tôt un asile. Nous avons
un chien dressé à la quête des voyageurs
perdus dans ces immenses plaines de
neige, et durant la nuit et le jour, six
hommes veillent alternativement, prêts
à voler au secours de ceux qui sont en
péril. L'argent seul pourrait payer de pareils soins, je le sais, et quoiqu'on dût ap-
plaudir celui qui en ferait un tel usage,
s'il se contentait de donner ses ordres sans
veiller lui-même à leur exécution, il ne

vaudrait pas M. Grandson ; plus d'une
fois je l'ai vu, en entendant la cloche de
détresse, ne pas craindre de se mettre à
la tête de ses guides , afin de les encoura-
ger ; aussi chaque jour il reçoit chez lui
des gens égarés : s'ils sont pauvres , il leur
donne de l'argent ; s'ils sont riches , il leur
prête des mulets pour les conduire jusqu'à
Bellinzonna ; tous le bénissent et le nom-
ment l'ami des malheureux et leur seconde Providence. Je ne puis te dire combien une bonté si active , en me pénétrant
d'affection et de respect pour mon oncle ,
me rend ce séjour-ci agréable. J'avoue que
la froideur que m'a inspirée madame d'Elmont , est venue en partie du peu de cas
qu'elle faisait de mon oncle ; elle lui reprochait de manquer de délicatesse et d'esprit , et prétendait que , sans cela , on ne
pouvait avoir de véritable bonté. Eh quoi !
peut-on si mal apprécier cette précieuse
vertu ? et la bonté , pour n'avoir point de
grâce , n'en est - elle pas moins la bonté ?
D'ailleurs , si mon oncle n'a pas tout l'esprit que peut donner une éducation soi-

gnée, il possède celui qui vient d'un jugement droit et d'un continuel desir d'obli-
ger, et je ne sais si ce n'est pas là le meilleur. Quoi qu'il en soit, il n'y a que toi au
monde, Albert, dont la société me fût
plus douce que la sienne; le bien qu'il fait
me redonne du goût à la vie, et le rôle de
sœur hospitalière, que j'exerce ici, pouvait seul satisfaire mon cœur. Quelquefois,
en dépit de la bise qui souffle avec violence, nous allons, mon oncle et moi, à la
découverte à travers la neige durcie; et il
est enchanté de me trouver autant de force
avec un air si délicat. Nous gravissons les
roches nues et pyramidales qui entourent
le château, et dont les flancs chevelus sont
rayés de neige; dans leurs profondes cavités, nous découvrons par fois quelques
mousses échappées à la destruction universelle, et ce reste de verdure me rend
à lui seul tout le printemps. Mais rien
n'est beau, rien n'est sublime comme de
voir le soleil à son couchant colorer des
plus belles nuances de rose et de carmin
ces neiges d'une blancheur virginale et

ces glaces d'un bleu transparent; tout l'horizon de l'Italie paraît bordé d'une large ceinture de pourpre; et quand la lune s'élevant au-dessus vient verser sa lumière argentée sur cette vaste enceinte de neige et sur ces immenses rocs de granit découpés avec tant de hardiesse, l'air acquiert alors un degré de pureté qui semble être le partage du ciel. Au milieu de ce silence si profond, si majestueux, si universel, auprès duquel le silence d'une nuit d'été semblerait un joyeux concert, l'ame s'élève, s'agrandit, interroge son Créateur, aspire à l'entendre, sent toute sa puissance, espère tout de sa bonté, et se livre avec transport au sentiment d'adoration et de reconnaissance qu'inspire cet être infini de qui émanent tous les biens. Pure et sainte religion! toi qui, veillant sur notre bonheur, défends à la haine de durer un jour, et prescris à l'amour d'être éternel, c'est toi qui soulage du poids de leur sensibilité ces créatures délaissées qui n'ont plus rien à aimer sur la terre; toi seule es leur recours, puisque seule tu

les sauves du malheur de n'exister que
pour soi, et qu'en offrant un objet à leur
amour, tu leur permets de chérir de toute
leur puissance un autre être qu'elles-
mêmes.

LETTRE XXIII.

ALBERT A AMÉLIE.

Le 22 janvier.

Tu as su avant moi que madame de
Woldemar ne s'opposerait pas à mon union
avec Blanche, et il était juste que tu en
fusses la première instruite, puisque c'est
à toi que je dois une partie de mon bonheur. Blanche ne m'avait encore rien dit
il y a deux jours; elle continuait à me bou-
der et à se faire un jeu de mes inquiétudes,
et moi je commençais à me lasser de cette
longue épreuve, lorsque je reçus la lettre
que tu me chargeais de lui remettre : je
la lui apportai; elle la prit avec vivacité;
en la lisant, elle ne put retenir ses pleurs;
puis, me tendant la main de cet air tendre

7...

qui augmente la puissance de ses charmes,
elle me fit l'aveu de ses torts, m'apprit la
disposition de nos parents, confessa qu'il
n'y avait de bonheur pour elle qu'en étant
aimée de moi, et ajouta, avec la plus touchante franchise, que, sans tes conseils,
elle m'eût fait attendre long-temps une
nouvelle qui la ravissait : et moi, incertain
si j'étais plus heureux de son repentir ou
de mes espérances, et qui je devais le plus
aimer d'une femme comme elle, ou d'une
sœur comme toi, je pressai sa main sur
mon cœur sans pouvoir exprimer ma joie
que par mes larmes.

Hier, je reçus de madame de Woldemar le billet le plus honnête, par lequel
elle me priait d'aller la voir ce matin. Je
me suis rendu chez elle, et j'en ai été reçu
avec une distinction particulière. « J'ai
gémi bien souvent, m'a-t-elle dit, sur un
événement qui, en déshonorant notre famille, m'a privée de la société du parent
qui m'était le plus cher, et de l'homme
que j'estimais le plus. » Je l'ai interrompue
en m'inclinant très froidement, et lui ai

demandé en quoi je pouvais lui être utile.
« Au reste, a-t-elle continué sans me répondre, nous faisons bien de ne pas nous
voir, puisqu'avec vous il n'est permis de
dire ni le bien qu'on pense de vous, ni
l'opinion qu'on a de votre sœur. » J'ai
rougi : ton nom dans sa bouche m'a paru
une insulte. « Ce n'est pas sans doute pour
me parler d'elle que madame de Woldemar a desiré me voir, ai-je repris vivement ? — Non, et plût au ciel qu'elle soit
tellement perdue pour nous, que jamais
nous n'ayons rien à en dire..... Ne vous fâ-
chez pas, Albert, je quitte ce sujet ; c'est
de Blanche seule qu'il sera question. —
De Blanche ? — Oui, je sais qu'elle vous
est chère, et que depuis son enfance elle
vous préfère à tout. Je ne blâme point son
choix, il l'honore ; et du moins cette fois-
ci Ernest n'aura pas à rougir de son rival.
Albert, puisque Blanche vous aime, que
mon fils, la connaissant à peine, ne peut
la regretter, je crois qu'il serait possible
de faire un arrangement entre nous, par
lequel Ernest garderait son titre et Blan-

che sa fortune, sans qu'ils fussent obligés
de s'unir. Je ne vous cache point que je
n'aurais pas cédé Amélie aussi facilement:
Amélie était l'enfant de ma tendresse, la
fille que j'aurais choisie : les qualités du
cœur, les agréments de l'esprit, les charmes de la figure, elle possédait tout; son
éducation seule l'a perdue; l'imprudence
de votre père..... — Je n'entendrai pas un
mot contre mon père, madame, ai-je dit
en me levant. — J'ai tort, Albert, ce n'est
pas devant vous que je dois dire ce que je
pense de lui ; j'approuve que vous n'endu-
riez pas qu'on porte atteinte à sa mémoire:
ce respect est digne de la noblesse d'un
sang dont vous seriez la gloire sans la trop
coupable indulgence....Je me tais, a-t-elle
ajouté en me voyant prêt à sortir ; je vois
bien qu'il ne faut dire que ce que vous
voulez. — Ah ! madame, me suis-je écrié
en revenant sur mes pas, quand votre con-
descendance vient de céder Blanche à mon
amour, faut-il que l'injustice qui vous emporte me fasse presque haïr la main dont
e tiens mon bonheur. » Elle a paru sur-

prise; après un moment de silence, elle a repris d'un ton grave et sévère: « Nous ne pouvons rien conclure que mon fils ne soit ici. Comme chef de la maison de Woldemar, c'est à lui seul qu'appartient la décision de cette affaire; mais je lui crois le cœur assez fier pour abandonner sans peine la main d'une femme dont le cœur ne l'a point préféré, et je lui en destine une qui lui fera oublier, sans doute, que ses deux plus proches parentes ont pu penser qu'il y avait des alliances qui leur convenaient mieux que celle du comte de Woldemar. » Elle n'a point dit le nom de l'épouse qu'elle a en vue pour Ernest; mais ce que j'ai pénétré me fait soupçonner qu'elle tient à une famille qui touche presqu'au trône. Si je ne me trompe point, et qu'Ernest ait conservé l'orgueil et l'ambition qu'il faisait déjà éclater dans son adolescence, cette union se fera sans doute, et la main de Blanche m'est assurée.

Madame de Woldemar attend son fils dans quelques mois; elle doit le prévenir de ce qui se passe ici. Il saura que le cœur de Blanche s'est donné, et sans doute il ne voudra pas le contraindre. Cependant, si Blanche allait lui plaire : et comment ne lui plairait-elle pas ? Depuis ton absence, qui peut l'emporter sur elle? qui peut seulement l'égaler? Ernest élèvera en vain ses regards vers un sang royal, où trouvera-t-il rien de plus digne de les arrêter que Blanche de Geysa? Si tu étais ici, je serais plus tranquille : je ne connais que ton enchanteresse douceur qui pût lutter victorieusement contre la piquante vivacité de Blanche ; mais elle n'aime point Ernest, mais elle en aime un autre : ne voilà-t-il pas de quoi retenir un homme délicat ? Et Ernest l'est sans doute : son éducation et sa naissance m'en répondent. Ne sais-tu pas que j'ai toujours pensé qu'il est de certaines vertus inhérentes à la noblesse du sang, et la délicatesse en est une ?

Je suis bien aise, mon amie, que M. Grandson t'ait mise à la tête de sa maison : tu as plus besoin que personne d'une occupation continuelle, et ton fils est trop jeune encore pour t'en donner d'autre que celle de l'aimer. Je serais inquiet de te savoir au milieu d'un cercle nombreux : l'ennui que t'a toujours causé l'obligation de parler quand tu n'as rien à dire, pourrait me faire craindre qu'on y jugeât mal ton esprit ; mais je craindrais bien plus qu'on y jugeât mal ton caractère. Par-tout où tu seras, mon Amélie, tu auras besoin d'un intérêt : il ne sera point d'amour, il sera d'amitié, je le crois ; mais l'amitié telle que tu l'éprouves, penses-tu que le monde consente à lui donner ce nom ? Ton amitié a tous les caractères de la passion, et d'après ta manière d'aimer, ces femmes qui, ne s'étant jamais respectées, ont perdu jusqu'à la pudeur qui rougit de soupçonner la vertu, trouveront des moyens de calomnier la tienne. Quel que soit l'objet de ton amitié, si tu l'aimes avec excès, fût il au déclin de la vie, fût-il ton frère, ton innocence ne te mettra pas à l'abri des poisons de la méchanceté... Ah ! détourne tes regards, mon Amélie, d'un monde auquel de pareilles images sont familières, et, pour ton repos, ne t'y montre jamais

qu'en passant! La solitude a aussi ses dan‑
gers; mais il est plus aisé de se prémunir
contre eux. Occupe-toi sans cesse; aban‑
donne-toi rarement à tes méditations; ré‑
prime ton penchant à la mélancolie, cul‑
tive tes talents, celui de la peinture tous
les jours, la musique avec plus de réserve;
car, en te livrant à la première, tu endor‑
miras les émotions que l'effet de l'autre est
d'exciter: la peinture, comme un ami
utile, écarte ou suspend le souvenir des
chagrins, et celui plus dangereux des plai‑
sirs; la musique, comme un séducteur
adroit, va toucher ce qu'il y a de plus ten‑
dre dans le cœur, réveille toutes les idées
sensibles, et dispose au regret du bonheur
et même à celui de la peine. Adieu, mon
Amélie.

LETTRE XXIV.

AMÉLIE A ALBERT.

Le 13 février.

Que ta lettre me rend heureuse, ô le

plus cher et le meilleur des frères! Qu'en
dépit de toute sa haine, madame de Woldemar s'assure des droits éternels sur mon
cœur en contribuant à une union dont tu
fais ta félicité! qu'Ernest lui-même obtiendra aisément le pardon de tout le mal qu'il
m'a fait, si se hâtant d'accepter l'illustre
épouse qu'on lui destine, il te laisse plus tôt
possesseur de celle que tu aimes! Cher
Albert! combien tes espérances m'agitent,
et que ton bonheur me fait de bien! Ah!
que le ciel daignât écouter favorablement
les vœux les plus ardents qui lui furent
jamais adressés, et bientôt mon Albert
n'en n'aurait plus à former! Ta joie est
venue augmenter celle que je goûtais depuis hier. Hier nous avons sauvé d'une
mort certaine un être intéressant, généreux, que la nuit avait surpris en route,
que la neige allait engloutir, et qui était
sur le point de perdre la vie pour avoir
voulu sauver celle d'un autre.

Hier, vers dix heures du soir, mon
oncle s'étant retiré chez lui, je lisais seule
au coin de mon feu; il ne se faisait plus

aucun bruit dans la maison, quand au milieu de ce profond silence, j'ai cru distin-
guer le son d'une cloche qui retentissait
dans le lointain; j'ai ouvert promptement
ma fenêtre; le temps était affreux, le vent
soufflait avec furie dans les cavités de la
montagne, et faisait tourbillonner une
pluie de neige. En prêtant l'oreille avec attention, j'ai entendu distinctement le son
de la cloche de détresse qui nous appelait
au secours d'un malheureux. Tout mon
cœur a tressailli d'effroi, et, m'élançant
hors de ma chambre, j'ai traversé la
grande cour du château pour m'assurer
si nos hommes de garde allaient remplir
leur devoir: je les ai trouvés endormis.
« Mes amis, leur ai-je dit, un malheureux
vous appelle, un homme va périr, il faut
voler à son secours. » A l'instant ils ont été
sur pied; mais après avoir regardé le
temps, ils ont secoué la tête. « Il n'y a pas
moyen d'aller là, ont-ils dit. — Quoi! vous
n'essaierez même pas? — Que voulez-
vous qu'on essaie, la nuit est si noire? —
Allumez vos torches. — Le vent les étein-

dra. — Vous avez des lanternes. — Nous
garantiront-elles de ces flots de neige? —
Quoi! vous allez laisser périr ces hommes
sans rien tenter pour les sauver? — Ma
foi, voulez-vous que nous nous perdions
pour eux? — Non, non, je ne le veux
pas; mais le son continuel de cette cloche
ne vous fera-t-elle rien risquer? n'enten-
dez-vous pas des cris? » Ils ont cédé à mes
prières, ils sont partis.

Bientôt mon oncle est venu me joindre;
il grondait tout le monde autour de lui,
ses gens, de s'être endormis, moi, d'être
venue les réveiller, le voyageur, de s'être
mis en route par cet horrible temps: agité
par la crainte de ne pouvoir le sauver et
par celle de me voir malade, il s'inquiétait
de l'une et de l'autre, comme si elles eussent eu la même importance; et moi,
émue par sa tendresse, touchée de sa bonté, inquiète sur le sort du malheureux
voyageur, et sur le péril auquel s'expo-
saient ceux qui marchaient à son secours,
je me sentais prête à succomber à mon
agitation. Pour les aider autant qu'il était

en mon pouvoir, j'essayai, en dépit du
vent et de la neige, de faire allumer un
grand feu au milieu de la cour: chacun se
prêtant avec zèle à cette œuvre difficile,
nous parvînmes à élever un fanal à nos
montagnards. De temps en temps nous les
entendions s'appeler l'un l'autre, et tirer
quelques coups de feu pour avertir le
voyageur qu'on allait à son secours, et de
quel côté il devait tourner ses pas. Ce mélange confus de voix humaines, au milieu
de la nuit et du bruit de la tempête, avait
quelque chose de si faible, et par cela
même de si effrayant, que je ne pouvais
contenir ma terreur. Tout-à-coup ces voix
cessèrent; aucun bruit n'interrompit plus
le mugissement des vents: je présumai
qu'on se taisait pour mieux entendre de
quel côté le voyageur répondait. M'échap-
pant d'auprès de mon oncle qui me rete-
nait auprès du feu, j'eus bientôt gravi le
roc qui est devant la terrasse du château,
d'où j'étais plus à portée d'entendre ce qui
se passait dans le chemin. Je sentais mon
ame oppressée du long silence de nos

gens : plus il se prolongeait, plus il devenait sinistre. Je me les figurais engloutis
dans les crevasses que forme la neige en
tant d'endroits. Ils n'avaient cédé qu'à mes
instances : qu'un seul eût péri dans cette
entreprise, et c'en était fait du repos de
ma vie entière. A genoux sur le rocher,
un cri humain était tout ce que je deman-
dais au ciel..., Il se fit entendre ; bientôt
des voix en tumulte lui succèdent ; elles
semblent se rapprocher ; mon oncle et les
domestiques viennent me joindre, et répondent à ce signal. Le bruit augmente ;
on monte la montagne : ce sont eux, j'entends leurs cris ; mais sont-ils de joie ou de
douleur ? J'adresse de ferventes prières à
celui qui peut tout ; je veux m'élancer au-
devant de notre troupe ; mon oncle me
retient ; enfin, pour l'éternel soulagement
de mon cœur, je vois, je distingue, je
compte nos six montagnards, et avec eux
quatre hommes, dont les habits déchirés,
couverts de neige, et la figure pâle et dé-
faite, attestaient assez ce qu'ils avaient
souffert. « Sont-ils tous sauvés, m'écriai-

je ? — Oui, tous, répond-on unanime-
ment. » A ce mot, je fus saisie du plus vif
transport de joie que j'aie senti depuis
long temps. Nous faisons entrer tout notre
monde dans la salle basse où l'on avait al-
lumé un grand feu : chacun se sèche ; on
distribue du vin ; je m'empresse surtout
auprès des généreux montagnards ; je
parle de leurs dangers, surtout de leur
courage ; alors un des voyageurs se re-
tourne, et dit : « Sans eux, nous périssions ;
nous leur devons la vie ; mais c'était moi
qui la coûtais à mon maître. — Taisez-
vous, Philippe, interrompit le plus jeune
des voyageurs ; pouvons-nous, dans un pareil moment, songer à autre chose qu'à
l'intrépide humanité de ceux qui nous ont
sauvés, et au touchant intérêt de ceux qui
nous accueillent ? — Non, non, reprit le
domestique, à présent que nous voici en
sûreté, il faut que je dise tout ce que je
vous dois, ou que j'étouffe. — Parlez,
mon brave homme, s'écria mon oncle en
lui serrant la main, il faut toujours se
hâter de dire le bien qu'on nous fait. —

« Veuillez envoyer coucher ce pauvre garçon, monsieur, reprit vivement l'autre
voyageur ; le froid, la peur, et le vin ont
un peu troublé sa tête : il a besoin de repos…. — Non, non, interrompit son domestique, je n'en pourrai pas trouver que
je n'aie raconté notre aventure. Il faut
donc que vous sachiez, monsieur, conti-
nua-t il en s'adressant à mon oncle, que
mon maître aujourd'hui, vers quatre heures, n'était plus qu'à une lieue de Bellinzonna, lorsqu'il s'est aperçu que je ne le
suivais pas : alors, malgré la fatigue de sa
mule et l'ouragan qui menaçait, il a voulu
revenir sur ses pas pour me chercher. J'é-
tais resté en arrière avec le conducteur
que voici, parce que ma mule s'était foulé
le pied dans une descente rapide, et ne
pouvait plus marcher. Moi-même je m'é-
tais fait grand mal à l'épaule en tombant :
mon maître nous a trouvés dans cet état.
La nuit s'approchait, je souffrais beaucoup,
ma mule ne pouvait plus me porter; il
m'a forcé à monter sur la sienne, et m'a
suivi à pied. » A cet endroit de son récit,

le pauvre Philippe a fondu en larmes en
baisant les mains de son maître ; celui-ci a
profité de ce moment pour lui ordonner
de se taire et de se retirer. « Je m'en vais,
lui a répondu le bon domestique en étouf-
fant de pleurs, je ne veux point vous déso-
béir, je ne dirai point comment, quand la
neige a commencé à tomber, vous faisiez
mille contes pour me distraire du danger
auquel votre bonté vous exposait pour
moi ; comment votre courage nous a sauvés autant que celui de ces braves gens ;
car tandis que nos deux conducteurs et
moi nous nous lamentions sans avoir la
force de chercher les moyens de nous
sauver d'une mort que nous regardions
comme certaine, n'est-ce pas vous seul
qui avez découvert le poteau, qui avez
sonné la cloche, qui, pour mieux vous faire
entendre, avez gravi le haut rocher dont
vous êtes tombé si rudement ? — Ah mon
Dieu ! monsieur, n'est-il pas blessé ? me
suis-je écriée en m'approchant du jeune
voyageur. » En parlant j'ai senti que mon
visage était baigné de pleurs ; mais qui

aurait pu les retenir au récit d'une action si touchante. « Non, m'a-t-il répondu en me prenant la main avec une respectueuse reconnaissance, je ne suis point blessé, et quand je le serais, ne suis-je pas ici avec les amis des malheureux? — Mais vraiment vous pouviez tomber plus mal, a dit mon oncle en me montrant; voici votre Esculape, et vous conviendrez qu'un pareil médecin ne doit pas faire peur aux malades. — Ni leur donner l'envie de guérir, a ajouté l'autre assez gaîment, trop heureux de languir long-temps en de pareilles mains. » Je ne sais ce que mon oncle a répondu, mais moi je suis sortie pour presser le souper, faire préparer des lits, et savoir si le bon Philippe n'avait pas été oublié. Le chirurgien venait de visiter son épaule : sans le froid son mal n'eût été rien. Cet excellent domestique m'entendant à la porte de sa chambre, s'est soulevé sur son lit, et m'a conjurée, les larmes aux yeux, d'avoir soin de son maître. « Je suis sûr qu'il s'est foulé le pied en tombant de dessus le rocher, m'a-t-il dit; et si l'on

ne le force pas à prendre garde à son mal,
il ne pensera jamais qu'à celui des autres.
Ah ! madame, sans doute vous avez connu
de bons cœurs en votre vie, mais aucun
qui puisse approcher du sien. » Je suis
descendue toute attendrie : « Philippe assure que vous êtes blessé, ai-je dit au jeune
voyageur, et voici M. Arnoult, notre
chirurgien, qui vient examiner et guérir
votre mal. — Vous avez été vous-même
voir Philippe, madame ; votre bonté ne
dédaigne personne : vous ordonnez que je
prenne soin de moi ; ah ! pour vous obéir
je n'avais pas besoin de savoir que c'est à
vous que nous devons la vie ; oui, à vous
seule, a-t-il continué vivement : ces braves
gens, aussi estimables par leur franchise
que par leur courage, viennent de décla-
rer que si vous ne les eussiez éveillés vous-
même, si vos instances ne les eussent dé-
cidés à braver le péril, nous périssions
cette nuit-même. » J'ai baissé les yeux en
rougissant. « Ma foi, s'est écrié mon oncle,
si tous les malheureux que mon Amélie a
contribué à sauver cet hiver, se vantent de

»ce qu'ils lui doivent, je ne désespère pas
»qu'avant peu on ne lui adresse des vœux
»dans les dangers, et qu'elle ne devienne
»une rivale redoutable pour Notre-Dame
»de Lorette. M. Arnoult, ai-je interrompu,
»emparez-vous de votre malade, examinez
»en quel état il est, et quel régime il faut
»lui prescrire.

M. Semler (c'est ainsi que Philippe ap-
»pelle son maître), est sorti avec le chi-
»rurgien. Une demi-heure après, M. Ar-
»noult est venu nous dire qu'il avait fait
»coucher son malade, parce que l'enflure
»du pied était si considérable, que pour juger le mal il fallait attendre qu'elle fût un
peu diminuée. Alors chacun s'est retiré
chez soi. Je me suis mise au lit; mais je
n'ai pu y trouver ni sommeil, ni repos. Le
mouvement de la nuit avait donné une
telle agitation à mon sang, qu'à peine fer-
mais-je les yeux, je croyais entendre des
cris lamentables, me sentir rouler dans
d'affreux précipices, et je me réveillais
plus fatiguée de ce pénible assoupissement
que de la lassitude de la veille. A la fin,

8..

comme il faisait grand jour, je me suis levée, quoique tout le monde dormît encore, et j'ai passé chez mon fils, qui,
n'ayant point été éveillé par l'événement
qui avait occupé toute la maison, murmu-
rait de ce qu'on ne le levait pas. Nous sommes descendus ensemble ; long-temps
après, mon oncle est venu me joindre ; la
fatigue de la nuit l'avait fait dormir tout
d'un somme, m'a-t il dit ; et puis il a ajouté, en me baisant doucement sur le front,
que le plaisir de me voir le reposait encore
mieux. Peu après, M. Arnoult est venu
nous donner des nouvelles de nos voyageurs: Philippe était très bien, mais son
maître avait eu la fièvre toute la nuit, et
paraissait encore agité. « Malgré cela,
nous a dit M. Arnoult, il voulait absolument se lever pour venir voir et remercier
M. Grandson et sa charmante nièce, et je
n'ai pu l'en empêcher qu'en lui promet-
tant que vous lui feriez une visite. — Si
nous disions qu'on apportât le déjeuner
dans la chambre, cela vous contrarierait-
il, Amélie? m'a demandé mon oncle. —

[Moi, point du tout, s'il le desire, et que cela vous amuse. — Hé bien, je vais vous annoncer, et quand il sera en état de vous recevoir, je vous ferai avertir. »

M. Arnoult a conduit mon oncle dans la chambre du malade, et moi j'ai été donner divers ordres dans la maison. Au bout de quelque temps, on est venu me dire que mon oncle m'attendait, mais j'ai senti une sorte d'embarras à aller chez cet étranger: il ne ressemble point à tous les voyageurs que nous avons vus jusqu'ici; son ton, ses manières, annoncent un homme de distinction, ce qui occasionne toujours quelque gêne. Tandis que j'hésitais, on est venu me demander une seconde fois: alors j'ai pris le chemin de la chambre, mais si lentement que mon oncle, impatienté de mes délais, est accouru au-devant de moi, en se plaignant que le café était froid, les rôties brûlées, et que je serais cause qu'on déjeunerait fort mal. Néanmoins, j'ai été bien aise qu'il m'introduisît: il est toujours difficile pour une femme d'entrer seule dans la chambre d'un

homme qui n'est ni son parent, ni son
ami. L'étranger était couché : il a rougi
en me voyant. « Sans doute, madame,
m'a-t-il dit d'une voix un peu émue, j'a-
buse de l'extrême bonté qu'on me témoigne ici ; je voulais aller vous porter moi-
même l'expression d'une reconnaissance
dont l'excès m'est bien doux : on s'y est
opposé ; j'insistais : la seule promesse de
vous voir m'a rendu docile. Je sens toute
mon indiscrétion ; mais je lui dois tant de
plaisir, que peut-être serai-je tenté plus
d'une fois d'en commettre de pareilles. »
Je lui ai répondu que c'était plutôt à moi
à m'excuser d'être venue si tard savoir de
ses nouvelles, et je me suis assise, un peu
confuse, près de son lit, dans un fauteuil
qu'on avait préparé pour moi.

La conversation a roulé sur son voyage;
il vient de parcourir toute l'Italie. Je lui
ai fait quelques questions sur ce pays : ses
réponses spirituelles, ses remarques neu-
ves et piquantes me procuraient un véritable plaisir, lorsque mon oncle, voyant
qu'il était question de voyage, a voulu

aussi parler des siens. M. Semler s'est tu,
et n'a plus fait qu'écouter. Les récits de
mon oncle se prolongeaient beaucoup, et
je commençais à craindre qu'un si long
entretien ne fatiguât le malade, lorsque
nous avons été interrompus par l'arrivée
du courrier. On m'a remis ta lettre. «Est-
ce de Saxe? m'a demandé mon oncle. —
Oui, ai-je répondu, c'est d'Albert. » A ce
nom, il m'a semblé que l'étranger avait
souri; je l'ai regardé pour m'en assurer:
il a baissé les yeux. Alors je me suis retirée
chez moi pour jouir sans témoin de ce
plaisir si pur, si vif, toujours nouveau, que
me cause l'expression de ta tendre amitié.
Cher Albert! je t'ai dit vrai en t'assurant
que mon bonheur dépendait du tien; te
voilà presque heureux, et déjà je me sens
plus contente. Ne crains rien, Blanche ne
plaira pas à Ernest : digne fils de sa mère,
les grandeurs, l'ambition, l'orgueil, doivent être ses seules passions; un cœur occupé par elles ne peut être susceptible
d'amour; il ne saura pas apprécier Blanche; il ne m'aurait jamais aimée. Ah! li-

vrons un pareil être aux vaines jouissances
faites pour lui, et aussitôt qu'en s'enchaî-
nant selon les superbes projets de sa mère,
il ne pourra plus troubler ton bonheur,
oublions, s'il est possible, qu'il ait jamais
existé.

LETTRE XXV.

ERNEST DE WOLDEMAR A ADOLPHE DE REINSBERG.

Du château de Grandson, 13 février.

C'est de chez Amélie que je vous écris,
Adolphe, et maintenant que le hasard a
fait réussir mon projet au-delà de mes espérances, il est temps que je vous le confie. Je comprends votre surprise, elle est
très naturelle : je m'attends à votre mécontentement, et j'y suis préparé. Cet
aveu vous étonne, car si ce n'est pas la
première fois que j'ai mérité votre désap-
probation, c'est du moins l'unique où je
me sois décider à la braver. Mais que vou-

dez-vous, Adolphe? quand j'ai senti qu'il
n'était point de force qui pût vaincre les
faiblesses de mon orgueil, ni d'amitié qui
pût vous engager à les tolérer, j'ai dû soustraire mon inébranlable résolution à l'à-
preté de vos remontrances, et cacher à un
censeur sévère ce qu'il m'eût été si doux
de confier à l'indulgence d'un ami. Ne
croyez point, Adolphe, que je vous accuse pour affaiblir mes torts, je n'userai
jamais de cette misérable finesse; si je me
plains de vous au moment où je m'avoue
coupable, c'est parce que je suis sûr que
je vous aurais ouvert mon cœur, si j'eusse
espéré trouver en vous moins de cette roi-
deur de caractère, de cette inflexibilité de
princ'pes qui ne pardonne jamais le plus
léger écart: peut-être, avec plus de douceur, la sagesse de vos conseils, que j'ai
quelquefois rejetés dans les premiers moments, et que j'ai toujours fini par suivre,
m'aurait-elle préservé d'une grande faute;
quoi qu'il en soit, il n'est plus temps, et
maintenant votre secours me serait inu-

8...

tile : je suis chez Amélie.... Poussé par un
ressentiment que je nourrissais depuis plusieurs années , j'arrive pour me venger,
et c'est elle qui me sauve la vie : je la vois,
et il semble que la plus puissante des sé-
ductions m'attendît à ses côtés, comme
pour me punir des projets que je méditais
contre elle.... Je ne sais comment tout ceci
finira ; je suis ici sous le nom de Henry
Semler , simple gentilhomme bavarois ; je
ne puis assez cacher mon véritable nom ;
de quel œil Amélie ne me regarderait-
elle pas, si elle apprenait qu'Ernest , l'objet de son aversion , est celui à qui elle
prodigue des soins si touchants !... Je l'ai
donc vue cette femme que j'étais si curieux de connaître.... Je n'essaierai pas de
vous la peindre aujourd'hui ; j'ai la fièvre,
et ce que je pourrais dire d'elle , vous pa-
raîtrait l'effet d'une imagination en délire ;
d'ailleurs il m'est expressément défendu
d'écrire , aussi attendrai-je quelques jours
pour vous donner , sur ma conduite, une
explication qui sera longue : Philippe vous

l'apportera; il sera alors en état de partir, et je vous l'enverrai; car, malgré ses promesses, je redoute son indiscrétion.

LETTRE XXVI.

ERNEST A ADOLPHE.

Du château de Grandson, 25 février.

Comme Philippe vous contera sans doute avec la plus scrupuleuse exactitude tous les dangers que nous avons courus, je ne crois pas qu'après lui il me reste rien à vous apprendre sur cet article; mais ce qu'il ne vous peindra pas, et ce que vous ne saurez jamais, puisque vous n'avez pas vu Amélie au moment où elle venait de nous sauver, c'est l'impression que doit laisser une belle femme qu'anime tout ce qu'il y a de divin dans la charité: impression telle que mille siècles ne pourraient l'effacer, ni l'être le plus insensible s'y soustraire... Mais laissons cette image qui ne me quittera plus, venons à l'explication que je vous ai promise, et que vous attendez sans doute avec impatience. Je vais peut-être vous ramener sans nécessité sur des détails dont vous avez conservé le souvenir ; mais dans une affaire dont je prévois que les suites seront si importantes pour moi, vous ne pouvez assez savoir, ni moi assez vous dire comment j'ai été entraîné, et j'aime mieux répéter des choses inutiles que de risquer d'en omettre une essentielle.

Vous pouvez vous rappeler que quand nous commençâmes nos voyages, il y a dix ans, ce ne fut pas sans peine que je quittai la Saxe sans avoir revu Amélie ; je l'avais laissée trop enfant, et moi-même j'étais trop jeune alors pour pouvoir être amoureux d'elle ; mais l'angélique douceur de son caractère s'était gravée avec des traits si touchants dans mon souvenir, que je sentais bien que de l'humeur dont j'étais, il n'y avait que cette femme au monde qui pût me convenir. Je ne me dissimulais pas que la tyrannie dont j'avais usé envers elle dans nos jeux, avait pu l'éloigner de moi; mais, à l'époque dont je parle, j'étais encore trop impérieux pour songer à fléchir devant elle; je ne voulais point lui déplaire par mon ton de hauteur, mais je voulais moins encore m'efforcer d'en prendre un plus doux, parce qu'il me semblait que me contraindre c'était m'avilir... Ces motifs réunis, bien plus que vos conseils et les instances de ma mère, me décidèrent seuls à quitter ma patrie sans avoir été à Lunebourg. Si j'avais cru perdre Amélie par cette conduite, je ne sais ce qu'une pareille crainte aurait pu produire sur mon esprit; mais quoique je me crusse maître de renoncer aux liens qui devaient nous unir, si elle ne me plaisait plus à mon retour, je n'avais jamais supposé qu'elle pût être libre de s'y soustraire.

Cet insupportable orgueil, que, malgré ses grandes qualités, ma mère ne croyait pas déplacé dans le petit-fils des comtes de Woldemar, avait jeté de si profondes racines dans mon ame, que les conseils de tous ceux qui m'avaient entouré depuis mon enfance, n'avaient jamais pu le modérer. Il n'appartenait qu'à votre seule amitié de pouvoir opérer ce prodige: c'est un de vos bienfaits, Adolphe, et je ne l'oublierai point. Vous m'avez forcé d'admirer en vous l'homme ne tirant son éclat que de lui-même, et plus grand par sa vertu que je ne l'étais par mon rang. Cependant, je l'avouerai, cet orgueil fut plutôt mieux dirigé qu'il ne fut détruit. Il m'en resta cette idée qu'il était une place supérieure à la vôtre, et que j'y parviendrais en unissant à la naissance illustre que je dois au hasard, les vertus éminentes qui vous distinguent et que je ne devrais qu'à moi-même. Animé de ce noble espoir, je m'efforçai de me vaincre, de vous imiter, afin de faire dire à tous ceux qui me connaîtraient, et surtout à vous-même, que personne ne pouvait être comparé à Ernest.

La gloire de vaincre l'éloignement d'Amélie, avant même de l'avoir revue, entrait aussi pour beaucoup dans ce désir de perfection. Sans jamais m'adresser direc-

tement à elle, j'étais bien aise qu'elle n'i-
gnorât rien de tout ce qui pouvait me faire
valoir. Un sentiment qui tenait à mon enfance, et qui s'était fortifié par les éloges
que ma mère prodiguait à celle qui en
était l'objet, embellissait cette femme à
mes yeux au point qu'aucune autre n'a jamais pu m'inspirer de véritable attachement. Dans les cours les plus brillantes de
l'Europe, au milieu des femmes les plus
aimables, vous vous êtes étonné plus d'une
fois de me voir mettre au-dessus d'elles
cette Amélie que je ne connaissais pas,
tant était grand l'empire que sa charmante
idée avait pris sur mon imagination. J'étais
dans cette disposition, lorsque j'appris que
celle que je regardais comme mon épouse
m'avait rejeté avec dédain pour se donner
à un homme sans nom et sans mœurs.
Vous fûtes témoin de l'état où me jeta
cette nouvelle inattendue : le ressentiment
de ma mère, plus emporté peut-être, fut
bien moins profond que le mien ; elle n'é-
tait blessée que dans sa fierté ; je l'étais
dans ma fierté et dans mon cœur : plus j'a-

vais nourri ma tendresse pour Amélie,
plus son mariage m'offensa. Vous fûtes témoin du serment que je fis de venger un
jour mon injure ; vous m'opposâtes des
raisons : elles étaient bonnes, mais ne
changèrent point ma résolution. Voyant
enfin que je ne pouvais ni vous faire
partager ma colère, ni me soumettre à
votre opinion, je gardai le silence ; il vous
persuada que j'avais renoncé à mon dessein : cela devait être, car, pour la première fois, mon cœur vous était fermé, et
vous ne dûtes pas croire que je conservais
un projet dont je ne vous parlais plus.

Depuis quelque temps je voyais arriver, avec un secret plaisir, l'époque de
mon retour dans cette patrie où je devais retrouver et punir une femme infi-
dèle. Nous allions partir de Naples pour
nous rendre à Dresde, lorsque vous re-
çûtes la lettre de madame de Simmeren,
qui parlait d'Amélie avec tant de chaleur et d'enthousiasme, et qui vous annonçait, comme la chose la plus indifférente du monde, qu'elle avait quitté la

Saxe pour se fixer à Bellinzonna. Je m'en souviens, à cette nouvelle vous me regardâtes fixement et avec un peu d'inquiétude. « Bellinzonna est sur notre chemin, me dites-vous ; mais je ne crois pas que vous soyez tenté de vous y arrêter? » A cette question, prévoyant tout ce que vous m'opposeriez si je vous laissais pénétrer tout ce qui m'agitait, je me contentai de vous répondre qu'il serait pourtant bien naturel de consacrer quelques jours à connaître un objet plus curieux que tout ce que nous avions vu dans nos voyages ; une femme assez fière pour avoir dédaigné la main d'Ernest, et en même temps assez humble pour s'être alliée à une famille de vils commerçants. L'oppression qui me saisit en finissant ces mots, vous alarma. Vous me demandâtes si mon ressentiment durait encore.... Adolphe, je vous serrai la main ; je sentis des pleurs dans mes yeux ; si j'avais eu le plus léger espoir de vous voir compatir à ma faiblesse, tous mes secrets étaient à vous ; mais pour l'espérer, je connaissais trop l'inexorable aus-

térité de vos principes, et je vous quittai
brusquement.

Vous attribuâtes mon agitation à la
honte d'être encore si sensible à une an-
cienne injure, et tandis que vous me
croyiez revenu d'un ressentiment coupable
je ne songeais qu'à le satisfaire. Mon dessein était pris ; je voulais aller à Bellinzonna, et surtout y aller sans vous; m'in-
troduire chez Amélie, et, garanti de ses
charmes par le souvenir de son offense,
m'en faire aimer, et l'abandonner ensuite
avec mépris.... Oui, Adolphe, tels étaient
les desseins d'un homme qui se flattait de
vous égaler en vertus : si j'en rougis maintenant, c'est bien moins de les avouer que
de les avoir conçus. Ne m'accablez pas de
votre indignation: si votre ami vous est
cher, ce n'est pas en traitant sa faiblesse
sans ménagement que vous le sauverez.
D'ailleurs, que me direz-vous que ma
conscience et la vue d'Amélie ne m'aient
dit plus fortement encore ?.... Je la regarde, et loin d'être indigné, je me sens
attendri : elle a sauvé ma vie, et la recon-

naissance que j'éprouve est si vive et si
ardente, qu'elle me semble au-dessus du
bienfait.... Ainsi, il faut que tous mes sentiments, quand elle en est l'objet, pren-
nent le caractère de la passion.... Mais je
reviens à mon récit.

Vous voyant arrêté par des affaires à
Rome, je vous quittai sous le prétexte
d'aller au-devant des lettres de ma mère,
qui m'attendaient à Florence; mais quelle
que soit ma tendresse pour cette mère
adorée, la seule idée qui m'occupait était
de profiter des jours de votre absence pour
me rendre sans délai à Bellinzonna. Je fus
bientôt au pied des Alpes, le temps était
affreux, rien ne put m'arrêter; je traver-
sai les montagnes en dépit des conseils pru-
dents et des prédictions sinistres. Un accident survenu à la mule de Philippe retarda
notre route; la nuit nous surprit; un froid
excessif commençait à nous engourdir, et
déjà nous nous sentions atteints d'un assoupissement funeste, lorsqu'en regardant
autour de moi si je n'apercevrais aucun
vestige d'habitation, je me heurtai contre

une haute perche à laquelle une cloche
était attachée ; je la sonnai sans relâche
pendant une demi-heure, craignant beaucoup que la violence du vent n'en fît perdre le son dans l'air : cependant j'entends
bientôt quelques coups de feu ; je vois une
lueur éloignée errer çà et là, et se réfléchir sur la neige ; je redouble le bruit ;
Philippe et nos guides reprennent courage, joignent leurs cris aux miens, et
enfin nous voyons paraître six hommes,
qui, nous ayant entendus de loin, avaient
bravé tous les dangers pour venir à notre
secours. Une action si généreuse, un si
noble dévouement, me fit oublier ce que
nous venions de souffrir; je ne voyais que
ces braves gens, je ne pouvais parler que
de ce qu'ils avaient fait. « Ma foi, s'écria l'un
d'eux, jamais il ne s'est vu de plus horrible
temps ! nous dormions tous quand vous
avez sonné ; et sans madame Mansfield,
qui nous a réveillés et forcés à partir, nous
ne serions pas ici..... — Madame Mansfield ! interrompis-je avec une extrême
surprise. — Oui, elle est là-haut qui nous

attend, et quand elle verra tout le monde
sauvé, elle ne sera pas la moins contente. »
Je cessai d'interroger : trop de questions
auraient pu donner l'idée que j'avais quelqu'intérêt à les faire ; ce qui m'importait
surtout, c'était de n'être pas connu ; aussi
m'approchant de Philippe, je lui dis à voix
basse : « Sur votre vie, je vous défends de
laisser soupçonner qui je suis. Si on vous
questionne, répondez simplement que mon
nom est Henri Semler, et la Bavière ma
patrie. » En parlant ainsi, j'étais ému,
Adolphe, et mon trouble augmentait à
mesure que nous approchions du château.
J'allais donc me trouver en présence de
celle qui m'occupait depuis si long-temps,
et qui m'avait causé tant de chagrins, ne
semblait-il pas qu'elle vînt s'offrir d'elle-
même à ma vengeance ? Cependant, le
peu de mots que les bonnes gens qui nous
entouraient avaient dit d'elle, suspendait
déjà ma colère, et je sentais l'attendrissement prêt à me gagner; en proie à toutes
sortes de mouvements contraires, je gra-
vissais la montagne plus rapidement que

la vive douleur de mon pied n'aurait semblé devoir me le permettre; mais l'impatience me prêtait des forces. Je devançais
mes guides, lorsque tout-à-coup s'élance
au-devant de moi une femme en désordre,
les cheveux épars, la robe couverte de
neige. « Quelqu'un a-t-il péri, s'écrie-
t-elle d'une voix tremblante? — Personne,
lui répond de loin un de ses gens. — Ah !
bénissons le ciel, reprend-elle avec un accent aussi inimitable dans sa joie que dans
sa douleur. » A la lueur du feu qui brûle
dans la cour, je distingue des traits cé-
lestes; mais elle ne me voit pas; elle ne
prend pas garde à moi : les intrépides montagnards qui, à sa voix, ont consenti à
s'exposer pour nous, absorbent toutes ses
pensées ; elle les remercie, les bénit,
exalte leur action : à l'ardente reconnaissance qu'elle témoigne, on dirait que c'est
elle seule qu'ils ont sauvée. Sa physionomie, animée par tout ce qu'il y a d'excellent dans la sensibilité, le rouge brûlant de
ses joues, l'éclat de ses yeux et de son
teint, la vivacité avec laquelle elle s'oc-

cupe de tout, commande autour d'elle,
vole à chacun de nous comme pour soulager plutôt ce que nous avons souffert,
donnent un charme plus qu'humain à toute
sa personne. Je la regarde, mes yeux ne
peuvent s'en détacher : voilà donc Amélie
de Lunebourg, l'épouse qui me fut destinée dès le berceau, la femme qui m'a rejeté, celle qui a si cruellement blessé mon
cœur et mon orgueil, celle dont je brûlais
de me venger ; enfin la voilà : et c'est elle
que j'admire, c'est elle qui m'a arraché à
la mort, c'est elle dont la voix touchante
émeut mon cœur comme il ne l'a jamais
été. O destinée !

Quand nous avons été un peu remis de
nos fatigues auprès du feu de la grande
salle basse du château, Philippe n'a eu
rien de plus pressé que de raconter comment je m'étais exposé pour lui. J'ai voulu
le faire taire : il n'y a pas eu moyen ; le
pauvre garçon, qui aime beaucoup sa vie,
et qui croyait me la devoir, ne pouvait
contraindre sa joyeuse reconnaissance. Je
lui ai pardonné cependant son indiscret

habil, en voyant les beaux yeux d'Amélie
se remplir de larmes. Elle s'est approchée
de moi en posant sa main sur mon bras,
et m'a parlé avec intérêt. Jusqu'alors je
n'avais pas obtenu d'elle de distinction ; à
peine m'avait-elle regardé ; elle me donnait ses soins comme à mes compagnons
d'infortune, et c'était tout ; mais en apprenant que j'étais capable d'une bonne
action, sans doute elle a senti qu'il y avait
quelque chose de sympathique entre nous:
attirée par ce doux rapport, elle m'a regardé plus souvent, et a mis même dans
ses discours et son maintien une sorte de
touchante et modeste familiarité qui semblait me dire, que puisque j'aimais à bien
faire, je n'étais plus un étranger pour
elle.

29 février.

Depuis quatre jours, Adolphe, j'ai été
forcé de suspendre mon récit ; la fièvre ne
m'ayant point quitté encore, on me dé-
fend toute occupation suivie, et ce n'est
qu'à la dérobée que je puis vous écrire.
L'autre jour, le bon M. Grandson m'a sur-

pris la plume à la main; il a crié, grondé, je continuais toujours, mais il a fait appeler Amélie; elle est venue, et, en voyant tant de feuilles écrites sur ma table, elle m'a dit vivement que j'avais tort. « Comment m'arrêter, ai-je repris avec un peu d'émotion: c'était de vous dont je parlais. » Elle a rougi, et me regardant avec douceur: « Il ne faut s'occuper que de vous, m'a-t-elle répondu, les longues lettres fatiguent et peuvent vous faire beaucoup de mal: voudriez-vous nous affliger? » L'affliger! elle! Amélie! Ah, dieu! quel être barbare pourrait le vouloir? Voilà ce que je pensais, Adolphe, mais ce que je n'ai point osé dire. Amélie, qui ne pouvait pas deviner la cause de mon silence, voyant que je ne répondais pas, a ajouté: « Vous ne voulez donc pas promettre de ne plus écrire? — Je veux vous obéir, ai-je repris vivement; je veux tout ce que vous ordonnerez. » Mais en parlant ainsi, l'idée que c'était à cette même Amélie qui m'avait préféré M. Mansfield, que tout mon cœur faisait serment d'obéissance, m'a causé une telle agitation que ma voix a expiré sur mes lèvres; et, détournant la tête, je me suis appuyé en soupirant contre le coin de ma cheminée. Un trouble si grand n'a point échappé à Amélie. « Qu'avez-vous, m'a t-elle dit avec intérêt, vous avez l'air de souffrir beaucoup? Je suis sûre que vous avez excédé vos forces en écrivant si long-temps: puisqu'on ne peut compter sur votre raison, je crois que mon oncle fera sagement d'emporter les plumes et le papier. — Non, ai-je répondu en la retenant, ne m'ôtez pas le mérite d'obéir; laissez-moi dire adieu à mon ami, et puis je promets de n'écrire que quand vous le permettrez. — On peut y consentir, s'est écrié l'oncle: un adieu n'est qu'un mot, cela sera bientôt dit. — Un adieu d'amitié emploie souvent plus d'une page, a ajouté Amélie en souriant; et si M. Semler s'engage pour quelques lignes, je crois que nous devrons être contents; au reste je m'en rapporte à sa parole, et je laisse à mon oncle le soin de veiller à ce que ma confiance ne

soit pas trompée. » En achevant ces mots,
elle s'est retirée en me saluant avec bonté.
« Chère enfant ! s'est écrié M. Grandson
aussitôt que nous avons été seuls, je ne
connais de véritable bonheur que depuis
qu'elle est près de moi. » Je l'ai questionné
là-dessus, et le bonhomme, qui ne demandait qu'à s'épancher, s'est assis à mon côté
pour me raconter l'histoire d'Amélie. En
voyant l'intérêt avec lequel j'écoutais, il
m'a promis, quand nous nous connaîtrions
mieux, de me montrer un cahier qu'elle
lui a envoyé avant de venir ici, conte-
nant le récit de ses malheurs, écrit par
elle-même. Vous pouvez imaginer, Adolphe, si je suis curieux de le lire ! Je saurai
donc quels sentiments, quelles raisons ont
pu la déterminer ; je verrai l'expression
de son amour pour un autre, celle de sa
haine pour moi...... Je n'en serai pas
fâché, et cette lecture ne me sera peut-
être pas inutile.

On ne reçoit de lettres ici que quand
M. Grandson les envoie chercher à Bellinzonna ; ainsi écrivez-moi dans cette der-

nière ville, poste restante, à l'adresse de
Henri Semler. Si, par hasard, votre austère franchise se refusait à user de cette
feinte, et que vous vous obstinassiez à
m'écrire sous mon véritable nom, il n'en
résulterait d'autre chose, sinon que vos
lettres ne me parviendraient pas, parce
que M. Grandson ne fera prendre à la
poste que celles adressées à Henri Semler,

LETTRE XXVII.

ADOLPHE DE REINSBERG A ERNEST DE WOLDEMAR.

Florence, 15 mars.

Philippe est arrivé hier avec vos deux
lettres, et je vous exprimerais mal le chagrin et l'étonnement qu'elles m'ont cau-
sés ; ce n'est point le mystère que vous
m'avez fait qui m'afflige : si le motif en
était honorable, non-seulement je vous
pardonnerais, mais je pourrais me féliciter même de la perte de votre confiance,

Cependant, qu'ai-je appris ? vous n'avez dissimulé avec votre ami que parce que vous vous sentiez coupable, et en vous avouant le honteux principe de votre silence, vous avez eu la lâcheté d'y céder; non, ce n'est pas là Ernest, ce n'est pas là cette ame fière et sublime dont l'orgueil était le seul défaut, et dont j'aimais presque l'orgueil, parce qu'il ne lui inspirait jamais que le noble desir de se mettre audessus de ses semblables en les surpassant en vertus. Non, je ne puis reconnaître dans le comte Ernest, nourrissant une si longue animosité contre une jenne innocente dont le seul tort fut d'épouser celui qu'elle aimait, ce même Ernest qui, à la cour de Madrid, demanda avec tant d'ardeur, et obtint avec tant de joie la grâce de l'homme qui l'avait insulté: non, je ne reconnais point dans celui qui médite de sang-froid la perte d'une femme malheureuse, celui qui jadis, entraîné par la plus dangereuse séduction, sut s'arrêter au milieu du péril, et triompher de lui-même, parce que la vertu l'ordonnait. Né avec les passions

les plus impétueuses, jusqu'à ce jour vous
les aviez maîtrisées; si elles exerçaient
tout leur pouvoir sur vous et que vous leur
cédassiez un moment, ce n'était que pour
vous relever plus grand, plus magnanime;
jamais homme ne lutta avec plus de force
contre des ennemis plus puissants, et ne
les subjugua avec plus de gloire. Je jouissais de vos nobles efforts; je n'eusse pas
voulu qu'ils vous coûtassent moins : plus
ils étaient pénibles et plus vous méritiez
d'estime. A toutes ces vertus d'une grande
ame se joignaient toutes celles d'un bon
cœur; à l'héroïsme, vous unissiez l'humanité, et, pour sauver un misérable, vous
auriez hasardé votre vie, comme vous l'auriez sacrifiée à l'honneur et à l'amitié: tel
je vous ai connu, et je me glorifiais de
vous; n'étant rien par moi-même, je me
croyais beaucoup, parce que j'étais votre
ami, et je me sentais fier de ce titre plus
que je ne l'eusse été de la possession d'un
rang illustre. Mais à présent que vous
n'avez vaincu une absurde colère que pour
devenir le jouet d'un amour insensé, et

que je vous vois soumis à toutes les passions qui voudront vous asservir, je pleure
sur vous et sur moi: le temps de notre
gloire est passé; Ernest n'est plus qu'un
homme ordinaire.

Je n'ajoute plus qu'un mot: souvenez-
vous de l'engagement que vous prîtes
avec votre mère lorsqu'elle consentit à
vous laisser seul maître de votre conduite:
vous lui jurâtes de ne jamais avilir votre
caractère par aucune de ces fautes dont
on porte la honte toute sa vie; et cependant, croyez-vous qu'en séduisant Amélie
vous n'eussiez pas trahi votre serment?
Maintenant que le charme de cette femme,
bien plus que vos remords, vous a fait rougir de vous-même, quel est votre dessein
de vous attacher à elle? Mais si ce n'est
plus être coupable envers l'honneur,
n'est-ce pas l'être envers votre mère? Ne
savez-vous pas qu'autant elle est dévouée
à ce qu'elle aime, autant elle est implaca-
ble dans ses haines? Quand elle vous attend, lui direz-vous qu'Amélie Mansfield
est l'objet qui vous retient? ou bien la trom-

perez-vous? Quels que soient vos desseins,
Ernest, je veux vous faire connaître les
miens. S'il eût été possible que vous per-
sistassiez dans vos criminels projets, et
que j'eusse pu les soupçonner, j'aurais volé
jusque chez Amélie lui dévoiler la vérité,
et vous arracher malgré vous à l'infamie,
eussiez-vous dû me donner la mort pour
prix de mes soins ; maintenant, que je ne
crains plus qu'une faiblesse, je vous livre
à vous-même ; mais sachez bien que ce
n'est qu'en la surmontant que vous pourrez expier vos torts : si vous voulez y céder, Ernest, ne m'écrivez plus : il faudrait
vous trahir ou vous approuver, et je ne
veux ni l'un ni l'autre. Vous avez assez
prévu ce qu'il m'en coûterait de partager
votre artifice ; je n'ai pu me déterminer
à vous écrire sous un nom supposé que
dans l'espoir de vous éclairer sur l'aveuglement qui vous perd : mais une fois ce
devoir rempli, vous me connaissez assez,
Ernest, pour ne plus attendre une seule
lettre de moi.

LETTRE XXVIII.

Amélie a Albert.

2 mars.

Le jeune homme dont je t'ai parlé est toujours ici, mon frère ; à peine peut-il marcher, et la fièvre ne l'a pas encore quitté. Mon oncle l'a pris dans une si grande amitié, qu'il passe presque toute la journée chez lui : je me réunis à eux le soir seulement ; et alors, quand la santé de M. Semler le permet, il nous fait des lectures : c'est un plaisir dont je n'avais jamais connu le charme, parce que personne ne lit aussi bien : il est impossible de l'écouter sans émotion quand il exprime des sentiments pathétiques ou passionnés ; la fierté surtout lui sied à merveille ; il a une telle noblesse dans le port et dans le regard, qu'on a peine à croire qu'il ne soit pas d'une illustre naissance. Son caractère paraît vif, et même impétueux ;

9...

il suffit d'un récit, souvent d'un mot, pour exciter son indignation ou son enthousiasme : qu'on cite une action perfide , à l'instant sa voix s'anime, son regard s'enflamme, ses yeux lancent des éclairs; mais à un trait touchant , il s'attendrit , des larmes mouillent sa paupière , et cette transition subite donne quelque chose de plus pénétrant à sa sensibilité. Sa voix est aussi flexible que sa physionomie est mobile : habituellement forte et sonore , elle a par moment des accents si doux , qu'on en est surpris et presque ému. Il chantait hier au soir, et soit la mélodie de l'air, soit la perfection du chant, j'ai éprouvé une telle impression , qu'elle m'a rappelé ce que tu m'as dit de la musique il y a quelque temps; elle est en effet comme une langue universelle qui raconte harmonieusement toutes les sensations de la vie. Tandis que M. Semler chantait , j'étais tombée dans une si profonde rêverie, que, tout en continuant de l'écouter , j'avais oublié qu'il était là : je pleurais de mes souvenirs, de mes regrets; je ne sais pas

précisément de quoi, car dans ces effets de
la musique il y a quelque chose de confus
qui fait que la pensée, errante dans le va-
gue, ne saurait déterminer l'objet qui l'occupe. Mon oncle, s'étant aperçu que je
pleurais, a interrompu M. Semler, et m'a
arrachée si brusquement à ma distraction,
que j'en ai été presque effrayée. « Taisez-
vous donc ! s'est-il écrié : avec ce chant qui
me faisait pourtant grand plaisir, ne voyez-
vous pas, aux larmes de ma nièce, que
vous lui faites mal ? --- Je ne sais si vous
ne lui en faites pas bien plus en les arrê-
tant, a repris M. Semler avec quelque
émotion ; il est des instants où on aime
tant à en répandre ! --- Votre serviteur ;
je n'ai jamais compris qu'il y eût du plaisir à pleurer, et je ne me soucie pas que
vous donniez cet agréable passe-temps à
mon Amélie. » J'avais la tête penchée
dans mes mains ; ma broderie était tombée
par terre ; je ne pouvais parler. M. Semler s'est assis tout près de moi, et m'a dit :
« Que j'envierais le sort de la personne à
qui vous aimeriez à laisser lire tout ce qui

se passe maintenant dans votre cœur ?---
Cela n'est pas difficile à deviner, a répondu mon oncle ; je suis sûr que votre
voix lui a rappelé celle de ce pauvre Mansfield : savez-vous qu'il chantait aussi bien
que vous ?... — Moi ! je lui aurais rappelé un pareil souvenir ! a interrompu
M. Semler en se levant brusquement : ce
n'était assurément pas mon intention. —
Ma foi, pour tout autre que vous ce serait un éloge : vous jugerez du talent de
mon neveu par celui d'Amélie ; elle a été
son écolière, et je ne crois pas qu'après
lui vous ayez grand chose à lui montrer.
— Je n'en ai pas la prétention, a repris
M. Semler d'un air grave et même un peu
dédaigneux ; et madame ne doit pas craindre que j'aie la hardiesse de le tenter. »
J'ai fait un signe de la main à mon oncle
pour ne pas continuer cette conversation,
et peu après je me suis retirée ; mais, le
croiras-tu, Albert? le souvenir de Mansfield m'a peu troublée ; depuis deux mois,
voilà la première fois que mon oncle en
parle directement ; j'ai été surprise qu'un

si court espace de temps ait rendu tant de paix à mon cœur, et j'ai béni la main divine qui a versé son baume sur mes blessures. Albert, il faut avoir souffert pour savoir combien il est doux de ne plus souffrir. Ah ! si j'ai trouvé jadis dans l'indifférence qui avait succédé à mon amour quelque chose d'affreux qui ressemblait au néant, je goûte maintenant dans le repos qui succède à la peine quelque chose de délicieux qui ressemble au bonheur.

LETTRE XXIX.

AMÉLIE A ALBERT.

15 mars.

Qui croirait, Albert, qu'on pût réunir des travers si bizarres à tant de qualités charmantes ; et qu'avec un amour si vrai pour toutes les beautés de la nature, un sentiment si exquis de tout ce qu'elle renferme de bon, il fût possible de ne pas aimer les enfants ? M. Semler hait mon fils,

et ne se met pas en peine de le cacher.
Haïr mon fils, et n'être point méchant!
conçois-tu cela, Albert? Hier, il me vint
dans l'idée de le lui amener dans sa chambre, où son mal au pied le retient encore:
je croyais lui faire plaisir, mon Eugène
est une si aimable créature! Il ne l'aperçut point d'abord, et me dit avec un mouvement de joie: « Ne me trompé-je pas?
est-ce bien vous? Quoi! pour la première
fois vous venez avant la nuit, et M. Grandson ne vous suit pas? — Mon oncle est
occupé pour quelques heures encore, et
comme vous n'avez plus de fièvre, que le
bruit ne peut vous faire de mal, je vous
amène une agréable petite société pour
vous distraire : voilà mon fils. — Votre
fils! a-t-il interrompu vivement; vous avez
un fils? vous êtes mère? — Ne le savez-
vous pas? Je crois vous l'avoir déjà dit,
ai-je répondu un peu surprise de l'air dont
il me faisait cette question? » Alors il a
pris la main d'Eugène, et l'a placé devant
lui en le regardant fixement. « Voilà donc
le fils de M. Mansfield, a-t-il dit avec

amertume ? » A ce nom, surtout à l'air
dont il l'a prononcé, j'ai senti mon visage
en feu. « Est-ce que vous auriez connu
M. Mansfield, me suis-je écriée? — Non,
a-t-il répondu après un long silence et
avec un ton un peu dédaigneux, je n'ai
point connu M. Mansfield : il devait être
sans doute un homme peu ordinaire puisqu'il fut aimé de vous.... Je conçois que
son fils vous soit cher; pour moi, madame,
je n'aime point les enfants; ainsi, je vous
en prie, emmenez votre fils : sa vue me
fait mal, et je vous conjure de ne le laisser
jamais entrer ici.

Ce discours m'a causé un si grand étonnement que je suis demeurée un moment
immobile : mon cœur était blessé de la
manière dont il repoussait mon fils; et mon
pauvre Eugène lui-même, peu fait à un
semblable accueil, s'est mis à pleurer : je
l'ai pris dans mes bras, et me suis retirée
en silence, sans que M. Semler ait seulement tenté de s'excuser ni de me retenir.
Le soir, je n'ai point voulu aller chez lui :
j'éprouvais réellement de la répugnance

pour un caractère que je comprenais si peu : aujourd'hui, je me sens dans la même disposition. Ai-je donc tort, mon frère ? et trouves-tu que j'attache trop de prix aux travers d'un étranger que je ne connais que depuis si peu de temps ? En vérité, je crois qu'il commençait à ne plus l'être pour moi : ce n'est pas encore de l'amitié qu'il m'inspirait, mais une sorte de bienveillance assez douce pour me faire desirer d'entretenir quelques relations avec lui après son départ ; maintenant, je n'en ai plus d'envie : la déplaisance a remplacé l'intérêt, et quand je réfléchis aux hauteurs d'Ernest, à la légèreté de mon époux, aux bizarreries de M. Semler, et, en tout, au peu de vertus que j'ai trouvé dans ton sexe, je crois que je lui vouerais une sorte de mépris si mon Albert n'en était pas.

LETTRE XXX.

AMÉLIE A ALBERT.

18 mars.

Malgré les prières de mon oncle, je ne pouvais vaincre mon ressentiment, et me décider à retourner chez M. Semler, lorsque ce matin, pendant que nous déjeûnions, M. Arnoult est entré d'un air inquiet pour nous dire que notre hôte avait passé une mauvaise nuit, et que la fièvre l'avait repris. A cette nouvelle, je n'ai plus senti de colère : sur-le-champ j'ai proposé à mon oncle de m'accompagner chez M. Semler, et je me suis excusée auprès de celui-ci de ne l'avoir pas vu depuis plusieurs jours. Il était à demi-couché sur une chaise longue, et paraissait fort abattu; mais, en nous voyant entrer, sa physionomie s'est animée, et il m'a dit d'un ton plein d'expression, en pressant ma main entre les siennes : « Ah ! madame, que vous

êtes bonne, et que je suis injuste! — Il est
certain que vous avez de grands torts avec
Amélie, s'est écrié mon oncle en riant;
aussi m'a-t-elle porté des plaintes très
amères contre vous. Rebuter son fils! un
fils dont elle est idolâtre! il y aurait là de
quoi vous faire haïr!..... — Et madame y
est, je crois, disposée, a interrompu
M. Semler en me regardant tristement.
— Elle, haïr! ah! vous ne la connaissez
pas, elle n'a pas un cœur susceptible de
haine. —J'en doute, car il le fut d'amour,
et toutes les fortes passions se touchent. »
Cette conversation commençait à me faire
souffrir: il m'est insupportable qu'on s'occupe de moi, de mes dispositions, de mes
sentiments; je voudrais les laisser enseve-
lis dans une nuit impénétrable. Mais mon
oncle, sans s'apercevoir du desir que je
montrais de changer de sujet, a continué:
« Je la connais mieux que vous, peut-
être: est-ce qu'elle a pu seulement haïr
cette ridicule madame de Woldemar, qui
lui a fait tant de mal? Ne m'en parlait elle
pas hier encore avec éloge? — Comment

ne serais-je pas sensible à ses procédés envers mon frère, ai-je dit à mon tour? Ah!
qui fait du bien à Albert peut me faire du
mal impunément: je ne croirai jamais
avoir le droit de me plaindre. » A ces
mots, M. Semler s'est levé avec précipita-
tion, et a marché vivement dans la chambre. « Hé bien! hé bien! êtes-vous fou,
s'est écrié mon oncle stupéfait de ce brus-
que mouvement, et en le ramenant malgré lui à sa place? Qu'avez-vous donc? et
qu'est-ce qui vous agite? Avez-vous oublié
que vous avez été saigné ce matin? Je suis
sûr que la bande de votre pied s'est dé-
faite; je vais appeler M. Arnoult. » Il est
sorti. M. Semler a levé les yeux sur moi;
ils étaient remplis de larmes. « M'avez-
vous pardonné en effet, aimable Amélie?
et la répugnance que j'ai trop laissé voir
pour un objet qui vous est si cher, ne m'a-
t-elle pas rendu odieux? — Non, mais bizarre, inexplicable au-dessus de toute expression. — Et parce que vous ne pouvez
me comprendre, me détesterez-vous?—
Mon oncle vient de vous dire, il me sem-

ble, que je ne sais point haïr. — Promettez-moi donc, quoi qu'il arrive, quoi que
vous appreniez, de n'avoir jamais d'aversion pour moi. — Eh! pourquoi en aurais-
je, M. Semler? depuis six semaines que je
vous connais, voilà la première chose qui
m'ait déplu en vous; et quoiqu'elle tienne
sans doute à un vice de caractère, que
peut-elle me faire de la part de quelqu'un
dont les rapports avec moi doivent être si
passagers. — Si passagers, a-t-il interrompu en portant la main sur son front : elle a
raison, plus raison peut-être qu'elle ne
croit; et pourtant si elle l'eût voulu.... Je
le sens, j'ai trop resté....Ah! madame, pardonnez mon désordre : vous ne pouvez savoir ce qui m'occupe. » Mon oncle est ren-
tré au même moment avec M. Arnoult,
et je suis remontée aussitôt dans ma chambre.

. Mon frère, tu vas me dire, j'en suis
certaine, de prendre garde à moi, qu'avec
les qualités que je prête à M. Semler, il
peut faire impression sur mon cœur; et
que, d'après ce que je te raconte, tu soup-

çonnes qu'il me voit avec intérêt. Ecoute,
mon Albert, jamais on ne voulut être plus
vraie avec un ami que je ne veux l'être
avec toi ; et pour ne te dérober aucune de
mes pensées, j'ai sondé mon cœur avec
plus de soin que je ne l'eusse fait pour
moi-même peut-être. J'ai eu le courage de
revenir sur le passé, la prudence de com-
parer les sensations que j'éprouve aux
émotions qui m'agitèrent; et j'ai souri d'un
examen si scrupuleux, d'une précaution
dont le seul instinct m'eût bien montré l'i-
nutilité, si mon amitié n'avait pas voulu
aller au-delà de ce qui était nécessaire, et
prévenir tes recommandations.

Albert, j'ai trop aimé pour pouvoir mé-
connaître l'amour : ce mot qui me semblait si doux dans la bouche de M. Mansfield, maintenant je repousse avec effroi
tout ce qui me le rappelle : loin d'être attirée par cette sorte de conversation, elle
me gêne et me tient, tout le temps qu'elle
dure, dans un état d'insupportable mal-
aise. Ce n'est pas tout, ô mon frère bien
aimé ! car ceci n'est qu'une maladie de

l'ame que le temps pourrait guérir ; mais
il est une raison qui me garantira à jamais, je l'espère, de tout autre passion.
C'est que mes infortunes passées m'ont
inspiré un invincible éloignement pour le
lien dont tu attends ta félicité, et que si
j'avais le malheur d'aimer encore, je crois
que je ne pourrais jamais me résoudre à
former de nouveaux nœuds ; il me semble
qu'il y a moins de malheur à renoncer à
l'objet de sa tendresse, qu'à perdre son
amour, et ce n'est pas dans la sainte union
du mariage que l'amour se conserve : ma
triste expérience, et l'exemple de madame
de Simmeren, ne me l'ont que trop
prouvé.

P. S. Si par hasard il te restait quelques
craintes sur le séjour de M. Semler ici,
calme-les, mon Albert, car je viens d'apprendre que, malgré sa faiblesse et les
instances de mon oncle, il a fixé son départ à la fin de l'autre semaine.

LETTRE XXXI.

ERNEST A ADOLPHE.

30 mars.

Je connais trop mes torts et votre austérité, pour ne m'être pas attendu à vos reproches; mais je connais aussi votre cœur, et je suis sûr que votre lettre était à peine partie, que vous vous repentiez de m'avoir dit de ne plus vous écrire. Eh ! quoi, Adolphe, repousseriez-vous ma confiance, quand nous voyons tous deux que c'est du jour où je vous l'ai ôtée que j'ai commencé à ne plus vouloir bien faire ? D'ailleurs, tant que je vous ouvrirai mon cœur, ne craignez point d'avoir à rougir de moi ; si je ne suis que faible, je ne craindrai pas de vous demander des forces; mais si j'étais coupable encore, Adolphe, soyez en sûr, je vous estime assez, et je suis trop fier pour ne pas fuir vos regards.

Vous me louez beaucoup, mon ami,

vous, que j'ai toujours vu user avec moi d'une sévérité qui allait presque à la rudesse, vous voilà tout-à-coup exaltant mon mérite au-delà de ce qu'il fut, et mes efforts bien plus qu'ils ne m'ont coûté ; sans doute vous ne m'élevez si haut que pour me faire mieux sentir la distance du degré où je suis à celui où vous m'avez vu ; mais écoutez, Adolphe, si le triomphe anoblit en raison des sacrifices, peut-être n'aurai-je jamais été plus digne de votre estime. En effet, quelles passions ai-je vaincues jusqu'à présent ? et quels exemples me citez-vous ? J'ai pardonné à un ennemi soumis et malheureux le mal qu'il ne pouvait plus me faire ; j'ai résisté à la séduction d'une femme qui ne troublait que mes sens, et dont j'honorais l'époux : sont-ce là des victoires dont on doive s'enorgueillir ? Mais en présence de la plus charmante femme que le ciel ait créée, contre laquelle on a nourri un long ressentiment, et dont il serait si doux de punir la haine en obtenant l'amour ; quand à chaque instant du jour son approche

vous livre à l'émotion la plus vive, qu'elle-
même rougit, et semble presque se troubler, résister alors à la passion qui commande et à la vengeance qui anime,
croyez-moi, Adolphe, il y a là de quoi
expier bien des torts, et peut-être de quoi
recouvrer toute l'estime d'un ami tel que
vous.

Mon départ est arrêté, Adolphe, et si,
en résistant aux vives sollicitations de
M. Grandson, je n'avais craint d'affliger
un homme qui m'a accueilli avec tant d'intérêt, et qui me retient avec tant de bonté,
malgré ma santé qui se rétablit difficilement au milieu de l'agitation où je vis,
dès demain je ne serais plus ici, dès demain je m'éloignerais d'Amélie pour toujours, sans me nommer, sans lui apprendre que l'homme qu'elle a rejeté l'a connue pour son éternel malheur, et sans
emporter seulement l'amitié de celle dont
l'amour me fut destiné.

Adolphe, si vous ne devez point connaître Amélie, vous n'aprécierez jamais

ni ce que j'ai perdu, ni ce que je quitte.
Ah! que ne puis-je du moins vous la peindre! que ne puis-je pénétrer mon style de
ce charme qu'elle répand sur tout ce qui
l'entoure! que ne puis-je faire palpiter
votre cœur de cette émotion dont nul ne
peut se défendre en l'approchant, et à laquelle votre stoïcisme même ne résiste-
rait pas, tant il semble qu'enveloppée
d'une atmosphère d'amour, on ne puisse
vivre auprès d'elle sans le respirer! Ce
n'est pas sa beauté qui est son plus puissant attrait: j'ai vu des femmes aussi
belles; mais un certain abandon dans le
maintien, des grâces si simples et si négli-
gées, l'organe le plus tendre, de grands
yeux bleus remplis de mélancolie, qu'elle
élève habituellement vers le ciel, comme
pour regarder sa patrie, allumeraient les
sens au point de ne pouvoir les maîtriser,
si quelque chose de chaste et de décent,
répandu sur toute sa personne, ne purifiait
cette émotion en la reportant vers le cœur;
ce n'est point un ange; on est trop trou-

blé auprès d'elle ; mais, pour n'être qu'une
femme, elle semble trop céleste et trop
pure.

Cependant avec cette nature, pour
ainsi dire toute d'amour, elle montre un
éloignement invincible pour tout ce qui
rappelle ce sentiment. En prononce-t-on
le nom devant elle, en fait-on un portrait
séduisant, elle rougit ; un secret effroi
l'agite ; elle voudrait fuir, ou du moins ne
pas entendre ; change-t-on de sujet, l'aimable paix revient sur son front, et ses
lèvres vermeilles se rouvrent au sourire :
l'amitié seule lui plaît, la touche, l'attendrit ; elle s'abandonne à ce sentiment avec
une vivacité qui va jusqu'à l'enthousiasme ;
aussi son frère lui est-il bien plus cher
qu'un amant ne l'est à la plupart des femmes ; elle parle d'Albert d'un ton qui éton-
nerait si on ne voyait en elle une femme
qui, ne sachant rien sentir modérément, a
dû faire de l'amitié l'idole d'un cœur qui
a besoin d'aimer avec excès tout ce qu'il
peut aimer avec innocence.

LETTRE XXXII.

ERNEST A ADOLPHE.

3 avril.

Laissez-moi vous parler d'Amélie, avant peu je n'aurai plus rien à en dire ; avant peu il ne me restera d'elle que son image, qu'il faudra même oublier, si cet effort est possible. Mais, tandis que je suis encore ici, tandis que l'air que je respire, la place que j'occupe, les objets que je touche retiennent quelque chose d'elle, m'entourent de son souvenir et me pressent de sa puissance, n'espérez pas que j'aie une pensée dont elle ne soit l'objet, ni que je trace une ligne qu'elle n'ait inspirée... Me voilà donc, direz-vous, follement épris? Non, Adolphe, je ne le crois pas; j'aurai adoré, sans doute, Amélie de Lunebourg, mais je n'ai point oublié que la veuve de M. Mansfield ne peut jamais être l'épouse du comte de Woldemar; et aimer Amélie légèrement, aimer Amélie autrement que pour la vie, cette sacrilége pensée n'est pas faite pour mon cœur. Celle qui me fut destinée, quoique libre maintenant de m'appartenir, est à jamais perdue pour moi; je le sais, Adolphe: ce souvenir ne me quitte point; il se place toujours entre elle et moi; j'y pense quand elle s'approche, qu'elle me parle, que ses yeux se fixent sur les miens; j'y pense quand elle s'éloigne, et qu'en son absence je me sens perdu dans un vide affeux; j'y pense en écoutant ces éloges simples, touchants, unanimes, qu'on prodigue à sa bonté; j'y pense en me figurant le bonheur que je tiendrais d'elle en entrevoyant qu'elle pourrait aimer..... Oh! alors la séduction devient terrible; mon cœur bat dans ma poitrine à coups redoublés.... Mais n'importe, dussé-je en mourir, je jure au nom de ma mère, de l'honneur et du noble sang de mes aïeux, que jamais Ernest de Woldemar ne servira de père au fils de M. Mansfield.

Adolphe, je crois sincèrement que je

ne suis point amoureux d'Amélie ; je parle
d'elle, il est vrai, avec une vivacité qui
pourrait vous en faire douter ; mais en
cela je cède à l'ascendant irrésistible qu'elle
exerce sur tout ce qui l'entoure. Qui peut
la voir et parler d'elle comme d'une autre ? qui peut l'entendre et ne pas connaître
une nouvelle vie ? qui peut tenter de la
peindre, et ne pas suppléer par le sentiment à l'insuffisance de l'esprit ? Si je regarde autour de moi, je vois tout le monde
soumis à cette même influence ; quand il
est question d'elle, des êtres communs,
grossiers, deviennent presque aimables,
intéressants : ce seul nom d'Amélie les
inspire, leur donne des idées dignes de
leur sujet, et des expressions pour les
rendre. Jai vu M. Grandson, vieux ma-
rin renforcé, et dont l'intelligence ne s'est
jamais portée au-delà de son commerce,
devenir un autre homme en parlant d'Amélie : alors il prend une physionomie que
la nature lui a refusée, et son cœur lui
crée un langage qu'il a toujours ignoré
sans doute, et dont il ne se servira que

pour elle. M. Arnoult, chirurgien de village, qui n'a que la routine de son art,
et qui peut à peine énoncer deux phrases
de suite, au seul nom d'Amélie s'exprime
avec éloquence : il dit le bien qu'elle fait,
la discrétion dont elle le couvre, la grâce
dont elle l'accompagne ; et en racontant
simplement ce qu'il a vu, il touche, il attendrit, et produit un effet auquel peu
d'orateurs pourraient atteindre. Enfin des
domestiques, des mercenaires savent trouver, pour la peindre, des couleurs que
l'homme éclairé et sensible ne dédaigne-
rait pas d'employer, tant il semble que
pour parler de celle qui est unique il n'y
ait qu'un seul langage.

J'ai voulu connaître par moi-même
l'emploi du temps d'Amélie : je l'ai vue à
la tête de la maison de son oncle écarter
doucement le faste qu'il aime, et le rem-
placer par une abondance si bien dirigée
qu'il semble que tout soit accordé au besoin et refusé au caprice ; je l'ai vue in-
venter chaque jour de nouveaux moyens
de soulagement pour les pauvres et les

malheureux, et persuader à M. Grandson,
se persuader à elle-même que ces idées
venaient de lui, afin d'avoir un motif de
l'aimer davantage: je l'ai vue ramener la
paix dans un ménage; pleurer avec une
mère désolée, fortifier un père de famille
à son lit de mort, nourrir les orphelins,
prendre soin de la veuve, et partout et
toujours entourée de ce tribut d'adoration
et de respect qu'on doit à son cœur noble
et aimant, à son cœur généreux qui la
porte au bien avec une telle simplicité,
que, sans le soin extrême qu'elle met à le
cacher, on croirait qu'elle ne fait rien que
d'ordinaire. .... Non, je n'ai point encore
assez parlé d'Amélie; je veux que vous la
connaissiez quand elle s'exagère les bienfaits de son oncle, afin de donner une
cause à l'ardente effusion de sa reconnaissance; je veux que vous la connaissiez
quand elle prononce le nom d'Albert, et
que l'amitié anime son regard d'une expression sublime quand elle parle de ma
mère, et lui pardonne ses injures; quand
elle a eu un tort avec quelqu'un, et qu'elle

le répare : c'est surtout là son triomphe.
Rien ne peut rendre l'impression qu'elle
cause quand elle s'accuse ; elle ne peut
assez se trouver coupable, tant son cœur
a le besoin de faire oublier le mal qu'elle
croit avoir fait ; toute son attitude prend
alors quelque chose de si profondément
tendre, que celui qui aurait pu résister au
charme de ses vertus et de ses grâces, serait invinciblement subjugué par celui de
ses fautes et de son repentir. Telle est
donc la femme qu'il faut que j'oublie. Non,
Adolphe, ne l'espérez pas, ne me demandez pas l'impossible : soumis à ce que ma
naissance m'impose, et aux desirs d'une
mère respectée et chérie, j'unirai mon
sort à celle qu'elle me destine ; mais le souvenir d'Amélie m'empêchera d'aimer jamais aucune autre femme, et d'être heureux nulle part. O Adolphe ! si elle n'était
que telle que je vous l'ai peinte, si rien
autour d'elle ne rappelait qu'un autre l'a
possédée, nulle puissance humaine n'aurait balancé la sienne : je serais à ses pieds,
j'y serais pour toujours en dépit du sort qui

voulut me l'arracher. Ramené comme par
miracle auprès de celle que j'ai si long-
temps regardée comme mon épouse, je
croirais voir dans cette réunion le sceau
d'une destinée inévitable; mais Amélie est
mère; il existe une preuve vivante, odieuse
de son amour pour un autre homme :
Amélie, dans les bras d'un époux, lui a pro-
digué ses plus tendres caresses, et a fait
son bonheur de lui appartenir.....» A cette
affreuse image mon cœur se révolte, mes
sens se glacent, et je le jure, oh! je le jure
encore, que jamais Ernest de Woldemar
ne servira de père à l'enfant de M. Mansfield.

LETTRE XXXIII.

ERNEST A ADOLPHE.

4 avril.

Ce matin, en me levant, j'étais déterminé à ne plus vous parler d'Amélie; je
sentais qu'en vous la peignant telle que je
la vois, mes éloges, étant hors de toute

mesure, finiraient peut-être par vous prévenir contre elle, et je ne voulais pas risquer de vous paraître un insensé qui s'abandonne sans frein à sa folie. Je me disais :
à moins d'avoir vu Amélie, pourra-t-il jamais comprendre qu'il existe une femme
au monde tellement supérieure à son sexe,
que tout honnête homme qui l'aura connue devra rougir de la seule pensée d'en
aimer une autre? pourra-t-il comprendre
que, même en la quittant, je ne m'en sépare pas, puisque Amélie étant la parfaite
image de la vertu sur la terre, on ne peut
adorer l'une sans l'autre, et que l'amour
qu'on doit à toutes deux n'est qu'un seul
et même amour? Mais, Adolphe, encore
ce trait; peut-être vous peindra-t il mieux
Amélie que tout ce que j'ai pu dire jusqu'ici; peut-être un si rare accord de raison et de bonté obtiendra-t-il toute votre
estime; et peut-être enfin qu'il appartien-
dra à l'indulgence d'Amélie de vous faire
aimer l'indulgence.

J'étais avec M. Grandson dans le salon
ce matin; le déjeûner était prêt, et de-

puis une heure nous attendions Amélie,
lorsqu'elle est arrivée en courant, son
chapeau sur la tête, rouge et un peu es-
soufflée. « Je vous ai fait attendre, a-t-elle
dit à son oncle; je ne croyais pas qu'il fût
si tard. — Je devine bien où vous vous
êtes oubliée. » Elle a baissé les yeux avec
embarras. « Vous n'êtes sortie de si bon
matin que pour aller apprendre à François que j'avais consenti hier au soir à lui
accorder enfin des secours. — Mon oncle,
de combien de bénédictions lui et sa misérable famille m'ont chargée pour vous.
— Pardieu! c'est bien à vous qu'ils les
doivent. Sans vos instances je ne me serais jamais décidé à soulager un homme
qui s'est ruiné par son extravagance. —
Comment! ai-je interrompu, est-il possible, madame, que vous compreniez dans
vos aumônes un homme qui a mérité son
sort par sa mauvaise conduite? n'est-ce
pas là un abus de la charité? » Amélie a
pris un air un peu grave, et m'a dit:
« Si vous aviez mieux réfléchi, M. Semler,
peut-être n'auriez vous pas fait cette ques-

tion, et n'aurais-je pas encouru votre
blâme : je suis sûre que votre cœur est
trop généreux pour adopter l'opinion des
riches sans pitié, qui, pour se dispenser
d'adoucir le malheur, commencent toujours par s'informer s'il ne peut pas être
attribué à quelque faute. Quand ils pro-
fessent que les bienfaits ne doivent être
distribués qu'à des hommes irréprochables,
croyez qu'ils n'ont d'autre intention que
de garder leur or, sans perdre l'estime de
ceux qui ne se donnent pas la peine d'examiner si l'avarice ne se déguise pas sous
une apparence d'équité. Sans doute il y a
eu des torts, et ils ne manquent pas de les
découvrir ; mais ont-ils recherché avec le
même soin s'ils n'étaient pas expiés par les
souffrances, et si la sincérité du repentir
ne devait pas rappeler la miséricorde?....»
Elle s'est arrêtée un moment, et puis, re-
prenant son discours d'une voix émue, elle
a dit: « Ce pauvre François, il était parvenu, par son industrie, à être chef d'une
manufacture; il se lia avec des gens au-
dessus de lui qui l'entraînèrent à un jeu

ruineux, à des prêts inconsidérés, à de folles dépenses, et qui l'abandonnèrent dès qu'il fut tombé dans la misère ; mais il lui restait du courage et la volonté de réparer son imprudence. Il ne fit aucune plainte, ne sollicita aucun secours, rentra dans la classe des simples ouvriers, et depuis il n'a cessé de se livrer aux travaux les plus rudes. Tout ce qu'il gagne il l'apporte à sa femme, ne se réserve rien, consacre les dimanches et les fêtes à l'instruction de sa nombreuse famille. Il vivait de l'ouvrage que lui procure mon oncle, lorsqu'un accident funeste l'a forcé de garder le lit.... Eh quoi ! dans cet état, cinq années de sueur, de patience, de privations et d'une conduite exemplaire, ne le rendraient pas digne d'indulgence ? et M. Semler me jugerait coupable d'avoir engagé mon oncle à suppléer, par ses secours, au pain que ce malheureux ne peut plus donner à ses enfants par son travail ?.... »

L'ange avait cessé de parler depuis long-temps, que son oncle et moi écoutions encore, hors d'état tous deux de pro-

férer une parole. A la fin, M. Grandson
m'a dit, en me prenant la main: « Eh
bien! mon ami, à ma place, n'auriez-vous
pas été persuadé, et auriez-vous refusé
des secours à François? » J'ai voulu répondre, je n'ai pas pu; les larmes m'étouffaient. Je suis sorti du salon; j'ai été dire à
cette terre qui la porte, à cet air qu'elle
respire, à ces arbres qui la couvrent, à ce
ciel qui la contemple, que tant qu'il restera une étincelle de vie dans mon cœur,
je rendrai à cet unique assemblage de
vertus, de grâces et de charmes, le culte
sacré qui lui est dû.

LETTRE XXXIV.

ALBERT A AMÉLIE.

Dresde, 10 avril.

Non, je n'aurais point exigé cet examen que l'amitié t'a commandé, et dont
ta conscience n'avait pas besoin. Non,
malgré la disposition favorable qu'a fait
naître le jeune étranger, je mets un trop

haut prix au cœur d'Amélie pour craindre
qu'il puisse être obtenu si promptement,
surtout par un homme qui, d'après ce que
tu m'as raconté, est au moins très bizarre. Il ne t'a pas caché des antipathies
qui doivent blesser ta délicatesse, et re-
pousser ta sensibilité : c'est ce qui me ras-
sure bien plus encore que son prochain
départ. Mais ce qui m'afflige, Amélie, et
ce que je dois détruire, c'est une erreur
que je ne veux pas même laisser dans ton
esprit, dût elle ne jamais passer jusqu'à
ton cœur. Tu me mandes, *que si tu
avais le malheur d'aimer encore, tu ne
pourrais jamais te résoudre à former de
nouveaux nœuds;* tu ajoutes ensuite,
*que ce n'est pas dans la sainte union
du mariage que l'amour se conserve;*
et je vois avec une profonde douleur, et
presque avec effroi, que c'est moins sur
ta propre expérience que tu appuies cette
désolante opinion, que sur le dangereux et
funeste souvenir de madame de Simmeren.

Ainsi cette femme qui vécut dans le désordre et s'avilit jusqu'à s'y plaire ; cette

femme qui trahit la foi conjugale, et ne
devint mère que pour marquer le front
d'un innocent d'un opprobre éternel ;
cette femme qui vient inquiéter les cœurs
chastes et tendres en leur peignant l'amour
qu'elle inspira, en leur disant que c'est
dans la route du vice qu'elle trouva le
bonheur ; qui, en jetant ainsi du doute sur
les récompenses de la vertu, fait à tout ce
qui l'approche autant de mal qu'il lui est
possible d'en faire ; cette femme serait regardée avec indulgence ; des fautes, dont
les conséquences sont si graves, seraient
traitées de tendres erreurs, et le seul souvenir qu'elles laisseraient dans l'ame d'A-
mélie serait celui-ci : elle fut constamment
aimée. Je sais que cette espèce de reproche va te faire rougir : mais j'aime mieux
t'affliger et être sévère jusqu'à l'injustice,
que de laisser dans ton esprit la moindre
trace d'une opinion vicieuse.

Ma jeune amie, s'il était possible que
le bonheur d'être constamment aimée
dût s'obtenir au prix d'une faute, il faudrait y renoncer ; car l'innocence vaut en-

core mieux que l'amour. Mais si Dieu avait séparé ainsi les biens que notre cœur lui demande sans cesse, il nous aurait condamnés à de cruels tourments, et sa bonté n'aurait pas été parfaite : pour qu'elle le fût, il fallait qu'il appartînt à la vertu d'être l'objet qui excite et développe le plus d'amour, et voilà précisément ce qui est. En effet, que desirent et que cherchent tous les amants ? l'excès et la durée ; or ces biens ne se rencontrent point dans une union illégitime autant, à beaucoup près, que dans *la sainte union du mariage.*

Si lorsque l'amour veut tous les sacrifices, demande toutes les chaînes, n'en trouve aucune d'assez forte et d'assez étroite, dis-moi, ma sœur, si ceux qui réservent leur liberté sont dominés par cette idée (sans laquelle il n'existe point de passion), qu'on ne peut cesser d'aimer qu'en cessant de vivre.

Fixant ensuite ta pensée sur ce qui peut contribuer à conserver une félicité qui doit finir dès que l'enchantement qui

l'a créée s'évanouit, tu reconnaîtras que
le principe que j'attaque renferme l'élé-
ment le plus sûr d'une prompte destruction : car y a-t-il un amant qui consente à
priver la femme qu'il idolâtre, d'estime et
de bienveillance, qui la veuille plutôt avilie qu'honorée, et qui ne rougisse pas de
sa honte? Mon Amélie, l'homme libre qui
n'épouse pas sa maîtresse n'a jamais brûlé
du feu sacré ; il n'y a point de culte dans
son cœur ; le délire n'est que dans ses
sens : au moment où ils seront satisfaits,
il entendra la voix de l'opinion flétrir celle
qu'il croyait adorer. Or, il n'est point d'illusion qui tienne contre le mépris, et point
de lien qu'il ne presse de rompre.

Arrête actuellement tes regards sur un
mariage qui vient d'enchaîner à jamais la
destinée de deux amants : c'est là que
rien n'outrage l'amour et que tout le pro-
tège ; c'est là qu'il n'est pas une seule circonstance qui ne conspire à augmenter sa
puissance, à prolonger sa durée, à l'embellir de nouveaux charmes. Les suffrages
de la société, le contentement des fa-

milles, le respect des gens de bien, les
éloges que l'on entend sur l'objet aimé,
l'engagement qu'on ne craint pas de prendre avec le public par l'aveu répété de
son amour, les enfants qui naissent, les
intérêts qui se confondent, la confiance,
qui est à-la-fois un hommage et un plaisir;
enfin la délicieuse certitude de puiser le
bonheur suprême dans le sein de la vertu.

Pardonne, ma jeune amie, si j'ai si vivement insisté : je suis sûr que cela n'était
pas nécessaire; mais c'est la première fois
que tu as avancé une mauvaise maxime,
et tu sais que j'ai encore plus d'aversion
pour elles que pour les mauvaises actions.
Celles-ci peuvent ne nuire qu'au coupable : souvent elles ont préservé ceux qui
en étaient les témoins; tandis que les so-
phismes du vice égarent le plus grand
nombre avec d'autant plus de facilité, que
des séducteurs habiles portent tous les efforts de leur esprit sur un côté spécieux
de la question, qu'ils cachent celui qui
pourrait révolter, et qu'ils sont aidés par
la faiblesse, qui ne demande qu'à être per-

suadée qu'on peut perdre l'innocence sans s'exposer au remords.

Pardonne encore, mon Amélie, la longueur et la sévérité de cette lettre, et reconnais, jusque dans mes reproches, cette amitié fidèle qui, veillant sans cesse sur ton repos et ton bonheur, voudrait effacer, au prix de tout mon sang, le doute que tu as osé élever dans ta dernière lettre.

LETTRE XXXV.

ADOLPHE A ERNEST.

Turin, 17 avril.

Vous me faites pitié ; votre folie est si complète que vous ne la sentez plus, et que vous prétendez n'avoir point d'amour quand il vous fait délirer. Malheureux ! qu'attendez-vous pour vous arracher de cette funeste maison ? Qu'Amélie partage votre égarement, afin que, placé entre elle et votre mère, il vous faille choisir à laquelle des deux vous percerez le sein ? Que parlez vous de faiblesse, de santé,

d'égards? Que sont tous ces objets devant
l'honneur qui crie et le devoir qui commande? Amélie pourrait aimer, dites-
vous, et vous ne frémissez pas; Amélie
pourrait aimer, et vous restez; et vous, à
qui le ciel donna une mère qu'il vous est
permis d'estimer et de chérir, vous ne
tremblez pas à l'idée de la plonger dans le
désespoir, et d'attirer sa malédiction sur
votre tête? Ah! fussiez-vous aux portes
du tombeau, je vous crierais encore: éloi-
gnez-vous; car le trépas dût-il être le prix
de votre fuite, j'aime mieux avoir à pleurer la mort que la vertu de mon ami.

Insensé! qu'est-ce que l'amour pour lui
tout sacrifier? un point qui est dans la vie,
ce qu'est la vie elle-même dans le vaste
espace des temps; une fièvre ardente dont
l'attribut est de toujours changer, et la
folie de se croire éternelle. Chaque fois
que cette passion, la plus légère de toutes, se renouvelle, l'idée qu'elle est im-
périssable ne l'accompagne-t-elle pas?
Que de femmes, j'en suis sûr, en relisant
leurs lettres d'amour, ont souri plus d'une

fois en voyant qu'elles ont garanti à chacun de leurs amants l'éternité d'un sentiment dont elles ont souvent oublié l'objet !
Ernest, je vous le répète, fuyez ; et loin
que l'image d'Amélie trouble, ainsi que
vous le croyez maintenant, le bonheur de
toute votre existence, avant peu vous ne
rappellerez un pareil souvenir que pour
vous féliciter d'avoir échappé à votre
perte ; et en voyant les lettres que j'ai
entre les mains, et que je conserverai pour
votre instruction, vous rougirez comme
un fou qui, revenu dans son bon sens,
pleure de honte en contemplant les traces
de son égarement. J'attends votre réponse
à Turin : puissiez vous me la porter vous-
même ; mais si elle tarde à venir, ou que
vous hésitiez encore, je sais ce qui me
reste à faire.

LETTRE XXXVI.

AMÉLIE A ALBERT.

2 mai.

Mon tendre frère, que ta lettre m'a af-

fligée! tu me montres toute l'étendue de
la faute de madame de Simmeren, comme
si tu croyais nécessaire de me prémunir
contre elle; tu me peins la différence du
lieu qui a fait mon malheur avec celui que
la vertu réprouve, comme si tu avais pu
craindre.... O mon frère! qu'un si honteux soupçon me déchire le cœur; mais
sans doute je l'ai mérité, car je connais
Albert, et s'il a fait rougir sa sœur, c'est
qu'il a cru devoir le faire. Cependant l'É-
ternel, témoin de nos plus secrètes pensées,
sait si j'en ai jamais formé une que l'honnêteté ne pût avouer. Hélas! après avoir souffert dans la partie la plus sensible de mon
ame, je m'étais retirée du monde, n'emportant de bonheur au-dedans de moi qu'une
consçience tranquille, et n'en demandant
d'autre aux hommes que l'estime d'Albert:
ces seuls biens me seront ils refusés, mon
frère? tous deux dépendent de toi; si tu
m'accuses, mon innocence même ne me
rassurera pas; et si tu m'ôtes ton estime,
je croirai avoir mérité mon sort. Cependant, avant de me juger, relis ma lettre,

et vois si tu ne prends pas pour une maxime énoncée froidement, un sentiment exagéré que m'arrache le souvenir de mes maux. Je rejette le mariage, Albert, mais je crois que tout amour qui secoue son joug n'est ni pur, ni heureux. Que ce lien sacré fasse donc le destin du monde ; qu'il enchaîne tout ce qui aime, tout ce qui respire ; qu'on voue au mépris la femme hardie qui oserait chercher le bonheur hors de lui, mais qu'il soit permis à l'infortunée qui fut sa victime, d'y renoncer à jamais ; et si des sentiments trop tendres se réveillent dans son cœur, elle saura les reporter vers le ciel, et offrir à Dieu un amour qui n'a plus d'aliment sur la terre. Adieu, mon frère, je n'ai rien à te raconter aujourd'hui : quand je suis affligée de ton amitié, je n'ai plus une pensée à donner au reste du monde.

LETTRE XXXVII.

ERNEST A ADOLPHE.

2 mai.

Ce matin nous déjeunions dans le salon commun. Amélie, assise entre son oncle et moi, s'occupait de nous avec ce soin attentif et ces grâces modestes qui donnent du prix à tout ce qu'elle fait. La conversation roulait sur des choses indifférentes, mais elles ne l'étaient plus dans la bouche d'Amélie. Placé si près d'elle, je touchais sa robe, j'effleurais même sa main lorsqu'elle me présentait quelque chose, et je me sentais ému et presque heureux. Un domestique entre, lui remet une lettre : ses yeux brillent et s'animent d'une douce joie. « C'est de mon Albert, dit-elle à son oncle en rougissant de plaisir. — Heureux l'Albert d'Amélie! » me suis-je écrié sans trop savoir ce que je disais, et mécontent au fond de l'ame de lui voir prendre ce ton de possession même

en parlant de son frère. Elle a rougi davantage, en ajoutant d'un air pénétré:
« Bien plus heureuse l'Amélie d'Albert;
elle lui doit ses plus pures jouissances, et
ses seules consolations: si elle l'eût écouté,
que de peines elle se serait épargnées; et
comment l'a-t-elle récompensé de tant de
bienfaits? — Paix, mon enfant, a interrompu M. Grandson; vous savez bien que
je ne vous permets pas de vous affliger en
revenant sur des regrets inutiles; d'ailleurs, quels biens avez-vous reçus de votre
frère dont votre amitié ne l'ait payé? —
Ah! oui, ai-je dit encore comme malgré
moi, quel que soit le sort de votre Albert,
il ne doit pas s'en plaindre: que peut avoir
à regretter celui que vous aimez ainsi? »
Elle n'a rien répondu, mais j'ai cru remarquer un peu d'embarras sur son charmant
visage; cependant la lettre d'Albert l'occupait bien plus que mes discours, et elle
s'est retirée à l'écart pour la lire. « J'espère, lui a dit son oncle pendant qu'elle la
décachetait, que le mariage de votre frère
va être enfin décidé. — Ah! si mes vœux

y pouvaient quelque chose, a-t-elle répondu en élevant ses beaux yeux aux ciel,
depuis long-temps Albert et Blanche prou-
veraient au monde qu'une union heureuse
n'est pas une chimère ; mais leur sort dépend aussi du comte Ernest..... — Le
diable emporte votre Ernest, a interrompu
brusquement M. Grandson ; il vient toujours se mettre à la traverse de votre bonheur ; aussi je ne connais personne que je
haïsse plus cordialement. — Et madame
partage sans doute ce sentiment, ai-je repris avec une sorte de crainte ? — Ah !
qu'il renonce à Blanche, s'est-elle écriée!
qu'il s'unisse à celle que sa mère lui destine, et je tâcherai d'oublier qu'il exista
jamais un être si fatal à mon repos. — Si
c'est là ce que vous lui réservez, il est assez malheureux ; mais sans doute il a mérité son sort, sans doute le mal qu'il vous
a fait fut volontaire ; car autrement pourquoi le puniriez-vous?— Non, il serait injuste d'accuser ses intentions : si une volonté tyrannique me destina à lui, si je me
révoltai contre elle, il n'en est pas coupa-

ble. — Je conçois qu'un cœur comme le vôtre puisse être difficile, madame; mais il faut cependant que ce jeune homme se soit montré bien indigne de vous, car c'est de l'aversion que vous lui conservez? — J'aurais tort de dire du mal de lui : quoiqu'il ait annoncé un caractère bien redoutable, nous étions si jeunes l'un et l'autre quand il me quitta, qu'il est possible qu'il se soit corrigé. — C'est donc sans le connaître que vous l'avez jugé ? — Mais je ne le juge point, vous dis-je. — Vous faites bien plus, vous le haïssez. — En vérité, je ne le crois pas, et s'il laisse mon frère être heureux avec Blanche, il pourra me devenir absolument indifférent. — L'heureux partage, ai-je repris avec humeur! Ainsi, en agissant selon vos désirs, votre indifférence est tout ce qu'il peut espérer de plus doux : je ne sais si à sa place je ne préférerais pas votre haine. — Eh ! quel diable d'intérêt prenez-vous à lui ? s'est écrié impatiemment M. Grandson : depuis une heure vous vous amusez à contredire Amélie sans aucune raison;

car, dites-moi, au nom du ciel, que vous
fait sa haine ou son amour pour un sot orgueilleux bien entiché de ses ancêtres, que
je ne puis souffrir, que vous ne connaissez pas, et qu'elle ferait fort bien de dé-
tester? — Assurément je n'ai d'autre motif pour plaider sa cause, ai-je repris froidement, que ce sentiment de justice générale qui parle à tous les cœurs droits en
faveur de ceux qu'on opprime. — Je ne
vous blâme point, monsieur, a dit Amélie avec douceur, vous devez me trouver
injuste : peut-être le suis-je en effet; mais
si vous saviez combien j'ai souffert, peut-
être vous paraîtrais-je excusable. » Je me
suis approché d'elle, et lui pressant les
mains avec une agitation que mon cœur
communiquait à tous mes mouvements,
« votre oncle, lui ai-je dit, a voulu me
montrer un cahier écrit de votre main :
il n'est rien dans le monde qui pût m'inté-
resser davantage; mais quelque pressante
que soit ma curiosité à cet égard, il me
faut votre aveu pour la satisfaire. J'ai attendu bien long-temps à vous le deman-

der ; je craignais tant de vous affliger en
touchant un sujet si délicat ; mais si vous
saviez ce qu'il m'en a coûté pour attendre, peut-être devriez-vous quelque chose
à ce sacrifice. — Quoi ! mon oncle vous a
promis.... Ah ! mon oncle, vous avez
tort.—Pourquoi donc aurais-je tort, Amélie ? ce récit vous fait honneur. —Je ne le
crois pas, a-t-elle repris un peu émue ;
mais quand cela serait, le cœur ne confie
ses secrets qu'à l'amitié. — N'en avez-
vous donc pas pour M. Semler ? Quant à
moi, comme je l'aime de tout mon cœur,
j'ai du plaisir à lui parler de ce qui m'intéresse, et rien ne m'intéresse autant que
vous. — Je ne donne point mon amitié si
promptement, a-t-elle répondu en bais-
sant les yeux, et quoique j'estime beaucoup M. Semler.... — Vous ne l'aimez pas
du tout, ai-je dit vivement. — Vous vous
pressez bien de répondre pour moi, a-t-
elle interrompu à son tour avec un air
d'impatience qui m'a ravi. — Ce n'est
pourtant pas là la réponse que j'eusse desiré vous dicter. — Ni peut-être celle que

j'aurais faite, a-t-elle ajouté avec une légère rougeur. Mais ce n'est pas le moment de traiter cette question : vous voyez
que vous m'avez presque fait oublier la
lettre d'Albert, et vous êtes peut-être la
première personne avec qui cela me soit
arrivé. »

Elle a prononcé cette phrase avec une
simplicité qui ne m'a que trop fait voir
qu'elle n'y attachait pas la même idée que
moi. Je me suis éloigné pour la laisser lire
en liberté ; mais en me promenant dans le
salon je ne pouvais détacher mes regards
de dessus elle. Tout-à-coup je l'ai vue pâlir ; ses yeux se sont remplis de larmes ;
elle a détourné la tête pour se cacher contre le rideau de la croisée, en murmurant
tout bas : *ô Albert ! Albert !* Mais bientôt, n'étant plus maîtresse de son émotion, elle s'est échappée toute en pleurs,
sans proférer un seul mot, et nous laissant
tête-à-tête son oncle et moi.

A peine a-t-elle été sortie que M. Grandson s'est levé en secouant rudement sa
chaise. « Que le ciel confonde toute sa fa-

mille, s'est-il écrié avec un accent plus qu'énergique! jamais ils n'ont su que l'affliger: j'ai vu bien des sauvages en ma vie, mais jamais de cette force-là.... Affliger Amélie! il faut qu'ils aient le cœur plus dur que la carène de nos vaisseaux.... Je suis sûr que c'est cet enragé d'Ernest qui est cause de tout ce grabuge ; il sera venu enlever la maîtresse du jeune comte de Lunebourg. — Non, je ne le crois pas, ai je répliqué froidement. — Eh ! pourquoi ne le croyez-vous pas, a t-il repris en colère ? de quoi vous mêlez-vous de prétendre savoir ce qui se passe, et d'en parler avec tant de sang-froid, quand Amélie se désole? — Ah! le ciel m'est té noin si sa douleur me touche ! — Vous n'en avez pas l'air bien inquiet pourtant; mais n'importe, ce n'est pas vous que je destine à la consoler. — Je le sais bien, ai-je dit avec amertume. — Et vous ne vous en souciez guère, a-t-il ajouté vivement. — Vous me traitez bien mal aujourd'hui, M. Grandson, cependant ce n'est pas moi qui fais couler les larmes de votre nièce. — Eh !

je le sais bien ! Qui songe à vous accuser ?
Mais je voudrais vous voir irrité comme
moi, et souhaitant mille malédictions à
toute la noble famille, et surtout à la tante
Woldemar et au cousin Ernest. » Au nom
de ma mère, j'ai rougi ; mais dans la crainte
de répondre quelque chose qui pût me dé-
celer, j'ai gardé le silence. Nous nous
sommes promenés tous deux dans la chambre sans rien dire : à la fin, M. Grandson
s'est approché de moi d'un air de bonhomie. « Faisons la paix, m'a-t-il dit ; aussi
bien je serais assez embarrassé de dire
pourquoi je me suis fâché. Laissons cela,
et puisque vous vous intéressez à Amélie,
et qu'elle-même ne vous voit pas sans plaisir, promettez-moi de l'engager à rompre
toute communication avec la Saxe, et à
céder au desir que j'ai de l'établir près de
moi par un bon mariage qui lui fera oublier les injures de sa famille et la mauvaise
conduite de mon neveu. — Quoi ! vous
songez à marier Amélie ? — Sans doute :
qu'y a-t-il là d'étrange ? Allez-vous aussi
contrarier mon projet ? — Non : si elle

l'approuve, je me garderai bien de l'en
détourner. — Vraiment je l'espère ; mais
ce n'est pas assez, il faut l'y déterminer.—
Moi ? — Oui, vous. — Mais je ne connais
pas l'époux que vous lui destinez.—Qu'importe, quand je vous assure qu'il lui convient. — Votre nièce l'a-t-elle vu ? — Oui,
plusieurs fois. —Et l'a-t-elle distingué ? —
Ma foi, je ne m'y connais pas trop ; mais
au reste, celui-là ou un autre, cela m'est
égal, pourvu qu'elle se marie. — Quel est
ce jeune homme ? je ne le vois point ici. —
Il se nomme Watelin ; il est allé faire un
voyage à Paris ; mais je l'attends incessamment, et j'espère qu'à son retour Amélie sera plus disposée en sa faveur, parce
qu'il me semble que sa tristesse commence
à se dissiper : elle était si affligée en arrivant ici, que je crois bien m'être un peu
trop pressé de lui laisser voir mon projet ;
mais depuis un mois elle n'est plus la
même ; je lui vois des moments de gaîté ;
elle prend goût à tout.... Sans cette lettre d'aujourd'hui, cette chère enfant allait
reprendre de l'enjouement.... Il faut que

j'aille voir comment elle se porte : si ces méchantes gens la rendaient malade, je ne leur pardonnerais de ma vie. » Il est sorti.

J'ai continué à me promener dans la chambre, absorbé dans une seule pensée : pas une autre ne me restait de cette longue conversation. Ce n'était point le mariage d'Amélie : que me font les projets de son oncle ? Mais c'est depuis un mois que sa tristesse se dissipe, et il y en a plus de deux que je suis ici.... Ah ! s'il était vrai, s'il était possible ! ô Amélie ! s'il se pouvait que tu fusses sensible ! pour ton repos, pour le mien, cache-moi une vérité que je paierais de mon sang.... cache-moi un bonheur auquel je sacrifierais, rang, naissance, devoirs : ne m'ouvre point ton cœur ; tais-moi tes aventures ; refuse-moi ton amitié : résister à Amélie indifférente est déjà trop pour mes forces : je n'en aurais plus contre Amélie sensible.

2 mai, au soir.

En dépit de moi, je recherche ce que

je devrais fuir; j'ai beau me commander
d'éviter Amélie, une puissance supérieure me pousse toujours auprès d'elle;
je la vois, et j'oublie le danger que j'y
cours; ou, si j'y pense, c'est pour m'y livrer en insensé. Cette amitié, que je devrais craindre, il n'est rien que je ne fasse
pour l'obtenir; et si elle me la donne,
serai-je satisfait? Oh! non, non, Ernest,
ne t'aveugle pas, et connais du moins
l'étendue de ton mal : ce que tu veux,
c'est Amélie; ce que tu desires, c'est son
amour; tu ne seras content que quand tu
l'auras entraînée avec toi dans le préci-
pice; mais il serait si doux d'y tomber avec
elle! O Adolphe! je dois être sans excuse
à vos yeux, puisque vous n'avez point vu
Amélie. Je voudrais que vous vinssiez ici;
oui, si je ne craignais de vous avoir pour
rival; je voudrais que vous vinssiez me
dire si vous croyez qu'un être au monde
pût résister à la ravissante espérance d'en
être aimé..... A quoi m'ont servi toutes les
réflexions que je n'ai cessé de faire depuis
ce matin sur les malheurs qui seraient

mon partage si je ne la fuyais pas ? Elle a
paru, et je n'ai plus vu qu'elle. O Adolphe ! écoutez-moi, et soyez sûr qu'à ma
place, votre austère philosophie ne vous
aurait pas sauvé.

Amélie n'a point dîné avec nous, et
quoique son absence donnât beaucoup
d'humeur à M. Grandson, et qu'il s'échap-
pât toujours en imprécations contre ceux
qui la tourmentent, il m'a traité avec une
bienveillance particulière, et s'est excusé
plusieurs fois de l'emportement qu'il avait
eu le matin. « Pardonnez, m'a-t-il dit,
mais je n'ai point de patience quand elle
souffre. Tout-à-l'heure encore, en la gron-
dant parce qu'elle voulait rester seule, je
n'ai fait que l'affliger davantage; aussi,
pour me distraire et la laisser en paix, je
vais aller, en sortant de table, passer la
soirée à Bellinzonna. Voulez-vous venir
avec moi ? » Je me suis excusé, non pour
rester avec Amélie, j'étais bien loin d'en
avoir le dessein et même le pouvoir, puisqu'elle avait dit à son oncle qu'elle ne des-
cendrait point et ne verrait personne de

toute la journée ; mais j'étais bien aise de me promener seul, afin de méditer sur ma situation et me raffermir dans mes projets.

A peine M. Grandson a-t-il été parti, que je me suis mis à errer à l'aventure. Le temps était si doux et le pays est si enchanteur, que, sans m'en apercevoir, j'ai prolongé beaucoup ma promenade. Je suis arrivé sur le bord d'un lac étroit, serré entre des roches nues, escarpées et couvertes d'une neige éternelle. Je voyais les montagnards descendre par des sentiers étroits en côtoyant le bord des précipices. Encouragé par leur hardiesse, je me suis avancé vers cette sauvage solitude, et là, traversant les torrents, m'enfonçant dans les antres profonds, gravissant la montagne par les plus âpres chemins, je suis parvenu, au bout de deux heures, à une hauteur considérable d'où j'embrassais une vaste étendue de pays. Les flancs des rochers étaient couverts, de la base au sommet, par une immense forêt de sapins et de mélèses ; il fallait la traverser pour re-

tourner directement au château de monsieur Grandson, que j'apercevais à mes
pieds; mais la pente était si roide, que j'en
fusse difficilement venu à bout, si je ne
m'étais accroché aux diverses plantes qui
commencent à couvrir la terre; enfin, arrivé vers le milieu, j'ai trouvé une petite
plaine découverte et parsemée de fleurs
d'une beauté et d'une vigueur surpre-
nantes. En me rapprochant de la forêt, j'ai
découvert, sous ces arbres vieux comme
le monde, une chapelle tombant en ruine,
d'un goût gothique, et dont les vitraux,
magnifiquement coloriés, représentaient
différentes histoires de l'ancien Testament.
Ce monument humain, destiné pour le
ciel au milieu de cette vaste solitude, m'a
causé une profonde émotion. J'y suis entré
avec un saisissement respectueux : une
femme à genoux, la tête penchée dans
l'attitude de la douleur, était au pied de
l'autel. J'ai fait un mouvement; elle s'est
levée et s'enfuyait précipitamment : c'était
Amélie ! » Ah dieu ! me suis-je écrié, est-
ce bien vous? Quoi! seule au milieu de ces

forêts : quelle imprudence ! » A ma voix,
elle s'est arrêtée, et revenant sur ses pas :
« Vous m'avez fait bien peur, m'a-t-elle
dit ; ordinairement je ne rencontre personne ici ; quand vous avez paru, saisie de
frayeur, je m'échappais sans vous regarder ; mais c'est vous, me voilà rassurée. »
En parlant ainsi, elle tremblait, je l'ai
soutenue ; elle s'est appuyée sur mon bras.
« Comment osez-vous vous hasarder dans
des lieux si déserts ? lui ai-je demandé. —
Et c'est précisément parce qu'ils sont déserts que je m'y hasarde : à l'exception de
quelques chèvres qui viennent sauter autour de moi, comme pour me remercier
d'oser gravir jusqu'à leur habitation, je
n'ai jamais trouvé nul être vivant sur mon
chemin. — Mais la route est si escarpée ?
— Il y en a deux : celle que je prends est
très facile ; vous la trouverez seulement
un peu plus longue. — Je ne le crains
pas, lui ai-je dit avec vivacité. » Elle m'a
compris, car j'ai cru la voir rougir, mais
elle ne m'a point répondu ; et, toujours
appuyée sur mon bras, nous avons pris le

chemin du château. J'étais trop ému pour
oser ni lui parler, ni même la regarder ;
elle-même ne disait rien. Peu à peu le
chemin est devenu si étroit et si glissant,
que nous nous sommes rapprochés en nous
serrant l'un contre l'autre ; alors j'ai levé
les yeux sur elle : les siens étaient ternes
et gonflés, et ses joues pâles portaient encore la trace de ses pleurs. « Vous n'avez
pas souffert seule aujourd'hui, lui ai-je
dit. » A ce mot, son cœur oppressé n'a pu
retenir les larmes qui l'étouffaient, et laissant tomber sa tête sur son sein , elle m'a
dit d'une voix entrecoupée : « Je vous en
prie, ne me parlez pas. — Si vous l'ordonnez je me tairai ; mais j'aurais tant de besoin que vous sachiez avec quelle ardeur
j'ambitionnerais de porter la moitié de vos
peines. — Vous seriez capable de le vouloir : votre cœur est si généreux. — N'est-
il que généreux, Amélie ? ne le croyez-
vous pas tendre ? — Autant que généreux.
— Susceptible d'amitié ? — Oui, beaucoup. — Et peut-être pas indigne de la
vôtre ? » Elle n'a pas répondu. « Dites,

Amélie, ai-je repris d'un ton pressant, dites que je peux avoir l'espérance de l'obtenir. — Quel fatal présent vous accorderai-je là, M. Semler: mon amitié n'a pas été un bien pour ceux à qui je l'ai donnée; si vous saviez le mal que j'ai fait au plus cher, au plus digne ami que j'aie sur la terre! — A votre Albert? — Oui, à mon Albert, qui s'est sacrifié pour moi: ah! que j'eusse été moins malheureuse s'il n'eût pas été si délicat! mais en voulant tout faire pour moi, il a voulu que je ne fisse rien pour lui. Je courais en aveugle à ma perte; vainement il tâcha d'éclairer ma raison: s'il eût parlé à mon cœur, j'étais sauvée. — Vous aimiez donc beaucoup M. Mansfield? — Je le crois. — Comment, vous en doutez? — Il me semble à présent que j'avais plus d'exaltation que d'amour, que j'étais plutôt séduite que touchée.... Mais, quoi qu'il en soit, je vous prie, ne me questionnez point là-dessus: c'est un sujet qui réveille trop de douleurs. — Je ne sais, j'aurais cru qu'il y avait une sorte de douceur à revenir sur une peine passée,

— Oui, si ce souvenir ne tenait pas à un
sentiment dont je ne veux jamais occuper
ni ma pensée, ni mon cœur. — Ah! vous
avez raison, s'il est possible, ne parlons
jamais que d'amitié; Amélie, je redoute
l'amour aussi; il m'a déjà fait bien du mal,
il peut m'en faire davantage encore. »
Elle m'a regardé avec une tendre pitié;
j'ai cru même sentir un léger mouvement
de son bras qui se rapprochait du mien.
Oh! j'en suis sûr, je l'ai senti : comment
aurais-je pu m'y tromper? « J'aurais été
bien surprise, m'a-t-elle dit, que vous
n'eussiez point souffert aussi; il est des
caractères qui ne sont pas créés pour être
heureux, et, si je ne me trompe, les nôtres
se ressemblent à cet égard. — Amélie,
avec quelle avidité mon cœur se saisit de
ce qui vient de vous échapper! Quoi! vous
pensez qu'une douce sympathie unit nos
opinions, nos caractères, nos ames? —
Mais, a-t-elle repris un peu troublée, il
me semble que nous nous entendons souvent. — Ah! me suis-je écrié avec un
transport dont je n'ai pas été le maître,

que n'avez-vous toujours pensé de même.
— Eh! mais, a-t elle répondu d'un air surpris, si ce n'est le jour où vous avez si mal
reçu mon fils, quand avez-vous pu croire
que je pensais autrement? — Votre fils!
Pourquoi me parler de votre fils quand je
l'oublie, quand je ne vois que vous, quand
vous êtes tout pour moi?... Pardon, Amélie, je vous fâche, je vous déplais, je vous
parais au moins bizarre; mais s'il m'était
permis un jour de vous ouvrir mon cœur,
peut - être m'excuseriez - vous. — Il faut
apparemment que la vue des enfants vous
rappelle des souvenirs bien amers, puisque
le seul nom de mon fils vous est désagréable.
— La vue de votre fils me rappelle la cause
qui a anéanti à jamais toutes mes espérances de bonheur : pardonnez à un malheureux qui a tout perdu, l'éloignement que
lui cause un être que vous aimez. — Votre
sort est donc sans espoir? — Je le crois :
cependant il est des instants où, en proie à
une illusion enchanteresse, il me semble
qu'avec un mot je pourrais être heureux
encore. — Vous aimez depuis long-temps?

—Vous êtes étonnée que cette question
m'embarrasse; mais, Amélie, est-on toujours sûr de l'instant où l'on commence à
aimer? Si j'en crois mon cœur, pourtant,
c'est depuis mon enfance. —Celle qui vous
est chère vit toujours? — Oui, mais non
pas pour moi: un autre.... — Ah! vous
avez raison, a-t-elle interrompu, elle est
perdue pour vous : fût-elle libre de vous
offrir son cœur, repoussez le : un second
amour ne peut plus être un bien, il a
perdu l'illusion qui le voyait éternel; l'enthousiasme qui croyait lire dans les cieux
que, hors un seul être, on n'eût jamais aimé;
le ravissement de s'être trouvé; l'oubli du
reste du monde; la certitude d'avoir tellement confondu deux existences, qu'on ne
peut toucher l'une sans atteindre l'autre;
enfin, quand on aime pour la seconde fois,
on sait que ce sentiment peut finir, qu'on
y peut survivre, et cette idée cruelle, en
détruisant l'enchantement, double les
peines et les laisse sans consolation. — Ah!
je le savais bien qu'il ne me restait plus
d'espoir, me suis-je écrié en m'appuyant

la tête contre un arbre, et incapable de retenir mes pleurs. Ma douleur l'a attendrie.— M. Semler, m'a-t-elle dit avec une pénétrante douceur, et l'amitié, l'avez-vous oubliée? Vous pensiez tout-à-l'heure qu'elle pouvait vous consoler de tout. — Si vous consentez à me donner la vôtre, ai-je repris en pressant ses deux mains contre mon cœur; si un jour, fût-ce dans l'avenir le plus éloigné, votre bouche me donne ce titre d'ami, il n'est plus de regrets, il n'est plus de malheurs: ne sais-je pas que la félicité n'est pas le partage des hommes? cette idée me consolera de n'être que l'ami d'Amélie.... Dites, parlez, femme unique, charmante amie, calmez l'impatience de mon cœur. Elle a retiré sa main en rougissant. — Votre amitié est trop vive, M. Semler; elle m'effraie. — Peut-être le deviendrait-elle, Amélie, si je restais près de vous; mais bientôt je vais partir, j'ignore quand je vous reverrai; je ne suis pas destiné au bonheur de passer ma vie ici; des devoirs impérieux m'appellent; ma mère m'attend.—Vous avez une mère, M. Sem-

ler? — Une mère que je chéris, que j'honore, et que je suis peut-être coupable
d'oublier si long-temps. — Je crois que
j'aimerais votre mère, a-t-elle dit avec un
doux sourire. — Vous le croyez, Amélie,
ai-je repris en soupirant profondément ?
moi, je ne le pense pas. — Pourquoi donc ?
elle vous ressemble. — Amélie, ô Amélie !
qu'avez-vous dit? — Mais de quoi vous
étonnez-vous ? a-t-elle répondu avec embarras; puis-je avoir de l'amitié pour vous
sans vous aimer? — Sans m'aimer d'amitié, Amélie? lui ai-je demandé d'une voix
tremblante. — Oui, d'amitié, et jamais autrement, je le jure au nom de celui que
j'ai tant aimé et qui m'en a si cruellement
punie. » A ce serment, un froid mortel a
saisi mon cœur; j'ai vu la vérité, je suis
revenu de mon délire. « Allons retrouver
votre oncle, Amélie, lui ai-je dit d'un air
sombre, je ne suis plus bien ici. — Allons,
m'a-t-elle répondu sans quitter l'arbre
contre lequel elle s'appuyait. — Aupara-
vant, Amélie, levez les yeux sur l'arbre
qui vous couvre: c'est un alizier; qu'il de-

vienne pour nous le symbole de l'amitié,
que, dans tous les temps, dans tous les
lieux, il nous rappelle l'un à l'autre. — Je
vous le promets ; jamais je ne verrai un
alizier en fleurs sans penser à vous, sans
me reporter à cet instant. — Adieu donc,
Amélie, ai-je repris en appuyant fortement mes lèvres sur sa main. — Allez-
vous nous quitter sitôt ? m'a-t-elle demandé. — Je le devrais ; je ne le puis : tout me
commande de partir ; je vous vois, et je
reste. — Allons trouver mon oncle, m'a-
t-elle dit à son tour. » Nous avons recom-
mencé à marcher ; après un moment de
silence, elle a continué ainsi : « Soyez sûr,
M. Semler, que si le devoir vous prescrit
de partir bientôt, l'amitié saura vous y engager. — Vous me direz de vous quitter,
Amélie ? — Assurément. — Et sans peine ?
— Pouvez-vous le croire ? — Je le crains.
— Non, je suis sûre que vous ne le craignez pas. » A ces mots, qui se sont échappés de son cœur, j'ai fait un mouvement
pour la presser sur le mien, en m'écriant :

« Amélie! ô ma chère Amélie! » Mais elle
ne m'en a pas donné le temps; et s'éloignant
de quelque pas, elle a marché seule devant moi : je l'ai vu porter la main à ses
yeux pour essuyer furtivement des larmes
qu'elle ne voulait pas que j'aperçusse. Cependant, comme cette situation l'embar-
rassait, elle s'est arrêtée; et changeant de
sujet, elle m'a dit : « Que la campagne est
belle, M. Semler! que ces bruyères, par-
semées de genets, d'arbousiers et de ro-
marins, sont jolies et variées! et qu'au
pied de ces rocs, couronnés de vieux pins
et de noirs cyprès, ces prés, tapissés de
belles nappes violettes de thym, font un
effet doux à l'œil! — Je vois surtout ces
aliziers, Amélie. — Et moi aussi, a-t-elle
répondu en souriant; ne craignez pas que
je les oublie. » En parlant ainsi, elle m'a
laissé reprendre son bras; nous avons
marché, et après un moment de silence,
je lui ai dit : « A propos, votre oncle m'a
annoncé qu'il voulait vous marier. — Et
croyez-vous que j'y consente? — Il m'a

prié même de vous y disposer. — Eh bien?
— Eh bien ! je crois que toutes mes tenta-
tives à cet égard seraient inutiles, et je serais bien fâché qu'elles ne le fussent pas.
— Je suis contente de votre réponse, je
vois que nous nous entendons. Moi! m'engager encore! M. Semler. Ah! du moins
si je n'ai plus que de l'amitié à donner,
elle ne connaîtra pas de partage. — Avez-
vous vu celui que M. Grandson vous destine ? — Oui, quelquefois. — Il vous dé-
plaît ? —Non ; pour le rejeter, il n'est pas
nécessaire qu'il me déplaise.—Ainsi, peut-
être n'est-ce pas non plus par aucune cause
d'éloignement que vous avez rejeté le comte
de Woldemar ? — Je vous ai déjà dit, je
crois, que je ne l'avais connu que dans
mon enfance, et, quoique son caractère
dur, hautain et orgueilleux, m'eût laissé
de lui un souvenir très désagréable, je ne
peux pas répondre qu'en le revoyant cette
impression ne se fût pas effacée. — Pour
moi, je le crois, ai-je repris. —Est-ce que
vous le connaissez, m'a-t-elle demandé un

peu émue ?— Non ; mais en passant en
Souabe, j'ai vu des gens, qui l'avait connu
particulièrement chez madame de Simmeren, en faire un très grand éloge.
—Tant pis. —Pourquoi donc?—Je crains,
s'il a des vertus, qu'il n'apprécie celle
de Blanche, et qu'il ne l'enlève à mon
frère. — Mais si elle aime votre frère,
elle ne se laissera pas enlever. —Je ne
sais ; on ne peut pas tout réunir, et parmi
les qualités qui forment le caractère de
Blanche, la fermeté et la constance ne
sont pas celles qui marquent le plus.—Du
moins, si le comte Esnest a les vertus
qu'on lui prête, il n'abusera pas de la timidité d'une jeune fille dont le cœur est pré-
venu pour un autre. — Ah ! puissiez-vous
dire vrai, M. Semler ! Si mon bonheur, si
mon repos vous intéressent, joignez vos
vœux aux miens pour que la première
lettre d'Albert nous apprenne que le comte
Ernest est arrivé à Dresde, qu'il a renoncé
à ses droits sur Blanche, qu'il s'est marié
selon les intentions de sa mère, et que

nous n'avons plus rien à craindre de lui.
— Vous voulez que je souhaite cela, Amélie ? — Pourquoi non ? cela ne fait de mal
à personne. — Qu'en savez-vous ? lisez-
vous au fond de tous les cœurs ? Croyez-moi,
quand on adresse ses vœux à l'Etre suprême, il faut se fier à sa sagesse du soin
de nous rendre heureux, sans se mettre
en peine de lui en indiquer les moyens. —
Eh bien, peut-être avez-vous raison ; de-
mandons-lui le bonheur d'Albert, sans
nous embarrasser d'Ernest. — Oui, livrez-
le à son sort, et s'il peut être heureux sans
nuire à votre frère, consentez qu'il le soit.
— Ah, mon Dieu ! de tout mon cœur ;
croyez, M. Semler, que quand je n'aurai
plus rien à craindre pour Albert, loin de
conserver aucun ressentiment contre mon
cousin, je pourrai bénir le ciel que son sort
n'ait pas été empoisonné, comme le mien,
par l'arrêt tyrannique de notre aïeul : c'est
bien assez d'une victime. » — A ce mot,
qu'elle a prononcé avec un accent douloureux, à ce nom qui m'a rappelé les liens

qui nous unissent, je me suis arrêté, et,
lui serrant la main avec une émotion inexprimable : « Ah! si vous voulez qu'il n'y
ait qu'une victime, lui ai-je dit, ne le
voyez donc jamais, car s'il devait vous
connaître et sentir ce qu'il a perdu, qui
serait plus à plaindre que lui? — Je doute
qu'il me regrettât; mais je n'ai pas même
besoin de cette crainte pour avoir effroi
de le voir : son nom seul m'est pénible.
Pourquoi me parlez-vous si souvent de
lui, M. Semler? — Pardon, Amélie, je ne
prononcerai plus ce nom : je serais bien
fâché de vous inspirer de l'effroi. — Ce
n'est pas vous qui pouvez m'en inspirer,
M. Semler, c'est Ernest. » Je n'ai point
répondu, sentant bien que si j'avais parlé
j'en aurais trop dit. Peu après nous sommes
arrivés dans la grande avenue du château.
M. Grandson venait de rentrer; en nous
apercevant de loin, il s'est hâté de nous
joindre pour voir comment était Amélie.
Son inquiétude sur l'état de cette nièce
chérie était visible; mais il craignait de

l'affliger en la questionnant. Cette aimable
femme s'est aperçue de ce qu'il éprouvait,
et lui prenant la main d'un air caressant:
« Je suis mieux, mon oncle, lui a-t-elle
dit ; la promenade m'a fait du bien. —
Est-il vrai, mon Amélie? eh bien! me
voilà tout-à-fait heureux : si vous eussiez
toujours été aussi triste, je n'aurais pas
osé vous dire que je vous ai presque engagée, sans votre aveu, à être d'un petit
voyage que mesdames de Nogent et d'Elmont doivent faire sur le lac Majeur et
dans les îles Boromées ; que M. Watelin,
arrivé de Paris depuis hier, nous accom-
pagnera, et que c'est dans huit jours qu'on
part. Mais puisque vous êtes mieux, vous
ne me dédirez pas, j'espère! — Non, mon
oncle; autant que je le puis, je veux tout
ce qui vous fait plaisir. — Voilà bien mon
Amélie! Ah! si ces sottes lettres de Saxe
ne venaient pas l'affliger... Mais laissons
cela. Vous êtes aussi de la partie, M. Semler? — Moi, monsieur? — Oui, j'ai promis aussi pour vous. — Mais mon départ

est si prochain? — Bah! il est bien question de songer à partir quand on vous demande d'accompagner de jolies femmes
dans un pays délicieux : qu'est-ce qui vous
presse? Il serait singulier que vous vous
fissiez prier quand Amélie a cédé tout de
suite. — J'irai, lui ai-je dit : cette dernière
idée me laisse sans courage; j'irai... encore
quelques jours de bonheur, et puis.... »
Je n'ai pas eu la force d'achever : un sou-
pir d'Amélie m'a appris qu'elle avait fini
ma phrase dans sa pensée. Douce sympathie! accord délicieux! pourquoi vous
êtes-vous déclarés si tard? Femme adorée! objet du plus ardent amour! oui,
Adolphe, j'en conviens, c'est de l'amour
qu'elle m'inspire, je le dis, je le répète,
c'est le cri de mon cœur, mais il n'en sor-
tira pas. Je m'asseoirai encore près d'elle,
je respirerai le même air, j'entendrai sa
voix touchante, je verrai ses yeux se fixer
sur les miens avec embarras, avec trouble,
peut-être avec tendresse, et je me tairai.
Pendant ce court voyage, je m'enivrerai à

ses côtés de tout ce que la passion, de tout
ce que les desirs ont de plus dévorant, et
je la fuirai pour toujours, n'emportant
que l'amitié de celle dont l'amour doit
rendre un mortel plus heureux que tous les
heureux de la terre et du ciel même. Alors,
quoi que vous puissiez dire, Adolphe,
j'aurai assez fait pour le devoir.

FIN DU PREMIER VOLUME.